疆|阅|典|藏

玉希布早的春天

段蓉萍/著

新疆人民出版社

图书在版编目（CIP）数据

玉西布早的春天 / 段蓉萍著 .—乌鲁木齐: 新疆人民出版社，2020.12（2024.7 重印）
ISBN 978-7-228-20499-1

Ⅰ.①玉… Ⅱ.①段… Ⅲ.①短篇小说—小说集—中国—当代 Ⅳ.① I247.7

中国版本图书馆 CIP 数据核字（2020）第 243285 号

玉西布早的春天

YUXIBUZAO DE CHUNTIAN

出 版 人	李翠玲	装帧设计	陈 飞 刘堪海
责任编辑	陶小红	责任技术编辑	杨 爽

出版发行	新 疆 人 民 出 版 社
地 址	乌鲁木齐市解放南路 348 号
邮 编	830001
电 话	0991–2825887（总编室） 0991–2837939（营销发行部）
制 作	乌鲁木齐捷迅彩艺有限责任公司
印 刷	新疆新华印务有限责任公司

开 本	880mm × 1230mm 1/32
印 张	5.25
字 数	110 千字
版 次	2020 年 12 月第 1 版
印 次	2024 年 7 月第 2 次印刷
定 价	32.00 元

目　录

练塘茭白

儿时常听爷爷讲他年轻的时候曾在南方一个叫练塘的小镇里发生的故事。爷爷讲的故事里有一个女人,原来我以为那个女人就是我的奶奶。直到有一天,天堂里的奶奶来召唤爷爷相聚,爷爷才断断续续地对我说出隐藏在他心底一辈子让他难以割舍的往事。原来奶奶不是爷爷故事里的那个女人。

练塘镇的焦家祖上是宁波人,早年在镇里做小买卖,发迹后,在周边购置了许多田产,一跃成为这里的大户。焦家地多,可人丁不旺,除了当家的老两口外,家中只有在县里女子中学读书的女儿,名叫焦桐,所以地里的活计全靠雇工来做。

这年春天,家里来了一个叫周福的雇工。小伙子刚满十八岁,挺拔的身材有些单薄,但模样俊朗。周福来时正赶上给水田里的茭白定植劳作,脚踩在泥里整整一天,他一声不吭,干活踏实,赢得了东家焦文远的喜欢。

那时,焦桐在县里女子中学读书,也许是父母照料得周全,不太懂得生计艰难,为人和善,对学校里流传的新思想也很认同。一次,学校举办运动会,经费不足,发动学生捐款。焦桐回家拿钱时,第一次见到了干活很卖力却瘦瘦的周福,看到他清澈的眼睛在偷偷地看自己。

吃饭的时候，她给父亲说了捐款的事情，父亲很爽快地答应了。

母亲告诉焦桐："地里的活忙不过来，又请了一个年轻的雇工。这小伙子很能干，脑子灵，学东西快，人也厚道，让家里省了不少心。"

"我刚才看到了，但我看他那么瘦，地里的活那么重，他能干得了吗？"焦桐心里多少有些疑问。

"人瘦有力气，到底是年轻人，比那几个伙计可都能干，前些日子给茭白定植，数他干得最多了。"母亲说。

饭后，焦桐回房里看书，忽然听到一阵音色质朴、浑厚的箫声。她侧耳细听，好像是从院外传来的。出门就是河，这会是谁吹奏的呢？她心里纳闷。

焦桐走出院门时，发现河边柳树下一个身影，正对着月色中的河，吹奏着。她走出几步。她的脚步声如夜风一样，从夜色中而来。

一曲结束，那身影转过来，远远看着焦桐，停顿了一下，轻声说："不好意思，打扰你休息了。"

"这么好听的曲子，从来没有人在这里吹过，几年前，我在苏州的姑妈家小住时听过。"

"我是小时候跟一位教书先生学的，偶尔吹一吹，让你见笑了。"

"怎么会呢？曲为心声。听这曲子里有种暗淡伤情的意味。"

"一个人闲来无事，看今夜月色清亮，便想出来吹一曲。"

"不早了，还是回屋休息吧。"

“是不早了，你也早些休息，明日里还要做事的。”

焦桐回到房里，躺在床上。月光从窗外悄无声息地渗进来，如细雨般，一滴滴落下，与那依然萦绕在她耳畔的箫声糅合在一起，滴在她的身上，她的眼里，她的心里。

从第一次听到周福的箫声后，焦桐就把这个年轻人装进了心里。她觉得人都是平等的，只要勤劳诚恳，就不应有贵贱之分，何况他还会吹那么好听的箫。原本一个月回一次家的她，现在每个星期都回来了。与其说是回家看父母倒不如说她心里更多的是想着能见到周福。

有一天，焦桐在学校生病了。焦文远去看女儿，临出门把周福也叫上了。焦文远是让他跟着去买些家里用的东西，顺便带回来。他年轻，背几十斤的东西不成问题。

焦桐躺在病床上，面色苍白。医生说是重感冒，加上她体质弱，需治疗一些日子才好。

焦文远安慰女儿好好养病，想吃啥就让护工去买。说着又拿出一些钱，塞在女儿枕头下。

周福站在那里，不敢说话，不停地搓着手，眼睛却一直望着焦桐。

“现在感觉如何？”焦文远问女儿。

“我这儿，脑袋里面，疼痛不止，像是有东西咬得疼，又像被揪得疼。”焦桐手摸着头虚弱地说。

不等女儿再说什么，焦文远又说：“好在是感冒，并没有引起肺炎、哮喘之类的病，算是幸事，好好治疗，过几日再来看你。家里都忙，还要买些东西，你歇着吧。”

周福站在那里，很想说点什么，却仍旧是不敢，只是眼里有比焦文远还要多的焦虑。

焦桐看一眼父亲，又望了一眼周福，特别是望着他的时候，眼睛里含着晶亮亮的泪水。

茭白收获的季节，也是家里最忙的时候。

焦桐从学校回来，在母亲房里露了个面，就直奔茭白田，找周福。焦桐迈着细细碎碎的步子，出现在田埂边，白色的衣衫，藏蓝色的裙子，两只浓黑的小辫搭在胸前，白里透粉的脸上挂着笑意，如一朵素洁散发着浓郁芬芳的茉莉花。他看呆了，手一松，刚刚割好的茭白掉在田里浑然不知。

“我也来割茭白了，怎么割，教教我。”

焦桐话音刚落，人已经站在了周福眼前。

周福慌张地俯下身子去捡掉在地上的茭白，低声说：“这活哪是你干的，还是回去念书好了。”

“整日都是念书，闷死人了。参加劳动，也好放松一下。”焦桐那双清纯炽热的眼睛看着周福。

世间的许多事情很有意思。水乡的田埂窄得很。种田人生怕田埂多占一分，收获就少一斤，所以把那田埂削得瘦瘦的，像条水蛇横卧在那里。焦桐走在上面身体失去平衡，摇摇晃晃身子一歪，脚底一滑，“扑通”一声，滑倒在水田里。焦桐是家里的掌上明珠，胆小，平时出门见水田都要绕着走，更不要说掉在水田里了。其实，种茭白的水田最多半人深，可焦桐哪里受得了。她掉在水田里以为自己要淹死了，双手在泥水里乱舞。这时，周福见状二话不说就跳下水田，一把抓住还在乱扑腾的焦桐，稀稠的泥浆把他们两个弄得如泥塑一般。

焦桐回家直奔自己的闺房换洗，但还是给母亲发现了。母亲先是大吃一惊，后来得知事情经过，心里又好气又心疼，责备她不用心读书，贪玩，出了丑，若是让邻居们知道了，便成了笑柄。“一个姑娘家，不懂规矩，不成体统，家里人的脸不知道该往哪里放。好在人没受什么伤害，算是万幸。”便亲自帮焦桐换洗。

母亲似乎感觉到女儿最近的行为有些反常，每星期回家说是想家，可一回家却直接去找周福。母亲毕竟也是从姑娘过来的，懂得她的心思。那晚，母亲就把白天周福和焦桐的事情向老爷焦文远说了。

周福知道焦桐喜欢他，可人家是千金小姐，自己就是一个干粗活的雇工。他还听她爹焦文远说过，等她女子中学毕业，就会送她去国外留学。他哪里敢有非分之想，只愿以后自己挣了钱，回老家找个媳妇过自己的日子。但心里又总是抹不去焦桐的影子。

那天，茭白运回西院时，天色已经黑了。虽然厨房里又添了一道菜，可他一点胃口都没有，一口没吃。人像丢了魂似的，走路时鞋都趿拉在地上，一点精神也没有。

王伯说家里有事，要回去一趟，整个西院只剩下了周福。他没顾上歇息，拿个小板凳坐在茭白堆前，准备开始修剪茭白。王伯不在，他要多干一些。

银盘似的月亮挂在天空，周福抬头望了一眼，心里一惊，怎么那月亮里有焦桐的影子？她微笑着，向他奔跑而来，两只小辫在空中飞舞起来。她跳跃时，柔美得似月中嫦娥。他定定神，又揉揉眼睛，再抬头看时，她的影子不见了，只有几片玉兰树的叶子在轻轻地晃动。咳，真是自作多情，怎么可能是她呢？他轻轻摇摇头，拿着剪子将长长的茭白叶子剪去，再剥去大半叶子，将修剪好的茭白整齐地放在篮子里。

湖畔的蛙声此起彼伏，蝉鸣一片，打破了水乡夜晚的宁静。周福的心绪也被这些声音搅扰得跟一锅粥似的。他感到浑身的毛孔都张开着，细细的汗珠你推我搡地涌出来，黏糊糊的。他脱去褂子，只留下一件粗布背心。他希望借着夜风，身子能舒服些，杂乱的心情能平静些。

周福把满满一筐子茭白提起来放在院墙边，准备明天装船。墙边有棵粗大的玉兰树，树冠一半在院子里，一半伸向院子外。月光穿过树叶，婆娑的树影在院子里晃动。当他转身要坐回板凳时，却看到真实的焦桐就站在他面前。

月光下，安静的院子，只有两个四目相对的年轻人的呼吸声，还有满院的茭白……

“两个不知羞耻的东西，你们在干什么?”一个恼羞成怒的声音伴着拐杖捣地的声音传来。周福和焦桐如梦初醒，惊慌失措。

周福走了。

焦文远不再让焦桐去上学，没出三个月，便将她嫁到了邻村一户人家。她的第一个孩子出生的那天，新中国成立了。

我终于明白爷爷讲的故事里的那个女人是谁了，那个周福就是爷爷。

说来也巧，那年初夏，我出差，鬼使神差地竟然来到一个也叫练塘镇的地方。小镇宁静安详，还有些空寂。一条小河犹如一条玉带，蜿蜒曲折，贯穿小镇东西。老街集中在河的两侧，素墙碧瓦，幽巷曲径。小河上石桥掩映在垂柳之间。临街多为店铺，屋后临水。水乡小镇静谧、空灵、古朴的美，扑面而来。街上行人稀少，在院落门前、河边闲坐的多半是老人。

我有种预感，说不定还真能找到当年爷爷在这里生活的影子。我在镇上住下来，白天办自己的公事，傍晚就找那些闲散在屋前院后的老人，打听周福与焦桐的蛛丝马迹。

走在镇子里，我心想，爷爷是四十年代离开这里的，几十年过去了，这户人家也许早搬离镇子了。即使没搬走，就是在本地，焦桐也是七八十岁的老人了，或跟随儿女去了别处，也说不准。这么大年纪，也许已经不在了。这到哪里去找？

一上午，我没找到一点线索。脚不离地走了几个小时，真是累了。我在一个小摊前，买了几个油糕，坐在河边的石凳上吃。

当我吃完最后一个油糕时，卖油糕的中年妇女问我是不是来旅游的。她家开有旅社，卫生干净，价格便宜。

我说来找一个以前住在本地，年龄七十多岁，姓焦的老人。

中年妇女边炸油糕边说，她不清楚，可以问问她公爹，他是本地人。

我一听，顿时兴奋起来，连声道谢。

不一会，从屋里走出一个戴着眼镜、拄着拐杖的老人。

据老人说，以前这里是有户种茭白的大户。当家的姓焦，一九五〇年，得了一场大病死了。他家有个女儿，人聪慧漂亮，嫁给了邻村的一户人家。这个消息让我很振奋。我站在一座古石桥上张望着，镇子四周都是白花花的水塘，水塘边散落着星星点点的院落。

我决定去南边那个村庄碰碰运气。

村子比镇子还安静，像是睡着了一样。说是安静，不如说寂静。我走过十几户人家的院子，没遇到一个人。

转过一个弯，在一户人家院门口，看到一位老人。我上前打听，老人目光呆滞地看着我，半天也没说出一个字来。我想这老人也许是耳朵聋了，压根儿没听到我说的话。

我失望地向前走。遇到一位跛脚的老太太，手里提着篮子，从院里走出来，坐在院门前的石凳上，准备择菜。

“阿婆，请问这村里有一位叫焦桐的老人吗？”

“哦，我不晓得。”老太太面无表情慢吞吞地说。

我继续往前走。前面有两条小路，一条向东，一条向南。

朝向东的巷子望去，空荡荡的。再瞧瞧向南的巷子，不远处有几只杂毛鸭子，扭着身子向一户院子跑去。既然有鸭子，一定家里有人。我径直向那院子走去。

其实从岔路口到那个院子，距离不足二百米，可我感觉路好远，自己走了很长时间。

这是一个普通的院落，大门敞开着，两边是竹子扎起的篱笆墙。院子里有一栋坐北朝南的二层小楼，楼前一棵高大的玉兰树，树周围是新鲜的茭白。树下坐着一位满头银发的阿婆。

见我站在院门口张望，阿婆停下手里的活，笑着招呼我：“进来坐，进来坐。”

阿婆拿过一个小板凳递给我。她从屋子里返身出来时，一手提茶壶，一手拿茶杯，把茶杯放在我身旁，说：“姑娘，慢慢喝，不着急，别烫着。”

没等我说话，阿婆拿着茭白认真地说：“你瞧瞧，多好的茭白，行情好的时候，一斤卖好几块钱。今年价格不好，比去年跌了一半。搞不好连本钱都收不回来。今年的日子可不好过呀！”

我拿起一根茭白，掰开外面青青的叶子，里面露出白白的茭白。

“你尝尝，味道清甜，跟水果差不多。”

我咬了一口，感觉茭白肉质爽脆，有那么一丝微甜。

阿婆喝着茶，话也就慢慢多了起来。

阿婆娘家在练塘，早年也是种茭白的大户，父亲去世后，家道中落。她成家后，生了三儿一女，但老大老二都不幸夭折。如今唯一的儿子在城里一家外企上班，管着几十号人，也就逢年过节回来一趟。女儿在宁夏，是搞沙漠治理的，这都两年没见人了，说有个项目，忙完了就回来，天知道啥时候回来。

阿婆说着，一脸的无奈。她停顿了一下，把手一挥，意思是要我跟她进屋。

眼前宽敞的正屋，墙上挂着年画，已经发黄。一张木制条桌上放着一对七彩花瓶，里面插着几枝绢花。茶几上放着一盆文竹，长势很茂盛。

右边屋子，正墙上贴着一幅观音菩萨的画像，下面是供桌，上面摆放着香炉。看来阿婆是信佛之人。

右边的屋里，摆放着一张带蚊帐的旧式雕花木床，虽很陈旧，依然能看出它的奢华，镂空的雕花，做工精细，就是几十年前也绝非普通人家所用。屋角放着一个同样款式的梳妆台，梳妆台上方是一个玻璃相框，里面有一个漂亮姑娘。

阿婆告诉我那个姑娘就是年轻时候的她。

天色渐晚。阿婆热情地留我在家里吃饭。一会工夫，红烧油焖茭白、青椒茭白丝、茭白毛豆香干端上了饭桌。

没想到茭白能做出这么多的花样来。

阿婆看出了我的惊讶。

“这不算什么，年轻时，我能做一二十种茭白菜肴。天天变着法儿吃，家里人百吃不厌。”

阿婆拿来绍兴黄酒，说是儿子过年时带来的，说着给我也倒了一杯。也许是黄酒的作用，阿婆的面色有了红润。对话越来越深入，当阿婆得知我还没有成家时，关切地告诉我如果遇到自己喜欢的可别放弃，人一辈子错过了好姻缘，会遗憾终生的。

桌子上有一盏旧式的油灯。我很奇怪，屋里有电灯，怎么还会用它？

阿婆说平时家里也就她一个人，开灯费电不说，太刺眼，不舒服。油灯光线柔和，忽闪忽闪的灯苗像人的眼睛，能帮她解解闷。

油灯总是给人的内心深处带来这样温暖的感觉。想到这里，我决定在阿婆家借宿一晚，因为我完全被阿婆的淳朴及热情好客所打动。于是便对阿婆说，今天晚上我住在她家里。

油灯的火苗跳跃着，人影也跟着跳跃起来。我扶着有点醉意的阿婆来到她的房间，她顺手把灯打开，屋里亮堂堂的，这个时候她已经完全把我当作她的家人了。

我看见梳妆台上方墙上有一个非常醒目的东西挂着，长长的，外面用布袋包裹着。扶着阿婆躺下，我拿过布袋。仿佛冥冥中注定，我果然看到了那根长箫，音孔背后刻着一个“福”字。

早上，院子里一阵阵很有节奏的声音把我吵醒，我走到窗前。阿婆猫着腰在扫院子。一夜工夫，她的腰似乎比以前更弯了，头发也更稀疏了，步子也更迟缓了。

我看着阿婆的一举一动，心里五味杂陈，说不出是个什么味儿。她过着“出门一把锁，进门一盏灯”的生活，那么寂寥，那么孤单。能给予她心灵慰藉的也许就是回忆了，当年青春岁月美好的回忆。这种回忆，带着一种温暖，让冰冷的房屋有了温度。

我犹豫再三，没有说出自己的身份，也不打算告诉阿婆爷爷去世的消息。

我决定离开这里，便向阿婆告别。

阿婆送我到石桥，手里拎着一袋茭白，说带回去让家里人尝尝。我接过茭白时，发现她眼里隐约泛着泪光。我努力克制自己的情绪，与阿婆拥抱了一下。阿婆眼睛里是一片绿油油的茭白田。我耳边似乎传来昔日爷爷和她说话的声音。人总是会慢慢老去，但感情却可以锁住时间。时光尽处能留给我们的，总是最真挚的情感。

几只喜鹊从头顶飞过，打破了清晨的宁静。我走出十几步，扭头回望，阿婆依然站在桥边，向我挥手。晨风中，她额前的银发随着清风飞舞着。

我在心里暗暗地跟爷爷说：爷爷，您放心吧，她过得很好，您会支持我的决定，对吗？

春暖花开

1

整个下午，买买提觉得特别漫长，长得足以让他从和田骑着毛驴到首府了。他不停地看手机上的时间，鼻尖和脑门上都渗出了细小的汗珠，他不时用袖子擦拭一下，在原地不停地转圈。好容易熬到香湘下班的时间。他给香湘打电话，问阿里江上学的事情联系得咋样。

电话打过去，却半天都没有接。买买提心如洪水决堤般，发慌了。他焦急的目光不时落在按键模糊的手机上，声音微颤地冲着布满划痕的手机屏幕说："香湘老师，不管咋样子情况，好歹你说句话吧！"

买买提一着急就习惯蹲靠在墙根。在和田村子里，午后的阳光下，三五人蹲在墙边闲聊是生活的一部分。此刻他眯着眼，怕与温热的阳光相遇。

"丁零"一声，来了一条短信。平时来的短信大都是垃圾短信，都懒得看。可这时，买买提迅疾打开短信：买买提，电话没接，我有点头晕，上学的事正在托人办呢！香湘。

看到香湘回复的信息，买买提慌乱的心平静了一些。他把手机装进口袋里，靠在墙根，望着天边那轮跟石榴一样的夕阳。

香湘回复完买买提的信息，心想，学校归教育局管，自己作为教育系统优秀教师，一个孩子上学的事，算不了啥大事。当初与买买提结对子时，就对他说过，生活中有啥事情，尽管说，能帮的事情，一定当自家的事情来办。如今买买提把巴郎子阿里江上学的事托付给了自己，压根儿没想到有这么难。有些话说出去就收不回来了。这事情到底能不能顺利解决，心里一点底都没有。

2

十一年前，香湘从首府师范学院毕业后，考入了城郊这所朝阳小学，做了一名光荣的人民教师。在石洞子村人看来，她是个不大不小的知识分子，父母脸上多少是有些荣光的。每次回父母家，遇到村里的左邻右舍，从这些人投来的目光以及说话的语气中，香湘自然能感受到。那一刻，她心中会泛起一层浅浅的涟漪，这涟漪里有那么一点骄傲和得意，甚至是有一点自豪。这会让她在几秒钟里，有种飘飘然的陶醉感，但这种感觉又像彗星划过天际那么迅速，一闪而过，消失在黑漆漆的夜空里，一眨眼的工夫，她就觉醒过来。这一切，对香湘来说，真不值一提，不是炫耀的本钱。在看似光鲜的背后，还有看不见的东西，如院子菜地里的蚯蚓一样，暗自蠕动着，别人却无法觉察。

那天，香湘把背包斜挎在肩上，锁门下班。刚走了两步，工会主席方老师迎面走来说，明天下午在会议室举行结对子活动，一定要到，如果有课，就调整一下。香湘笑着点点头，算是回复了。

第二天下午，香湘赶到会议室时，一百多人的会议室里人差不多都坐满了。她在靠过道的一个空位子坐下。她不清楚与自己结对子的人是谁。她没有像其他老师那样围着校长或者主席打听。从小生活在多民族的村子里，不管是哪个民族，用母亲的话说，人靠情感，驴靠棍赶，诚心实意交往，自然能换来真心。

活动开始，先是校长讲话，接着又是副校长讲，最后是工会主席宣读结对子的名单。

香湘看着同事与结对子的人握手拥抱，有几个还行了贴面礼，赠送礼物，接着是合影，那种热乎劲，她心里忐忑不安，要是自己上去了，怎么办？她是胆小害羞的人，加上一直留着“花仙子”发型，虽然已三十多岁了，仍像一个没长大的孩子，在与陌生人接触时，紧张不说，反应还有点迟钝笨拙。

正在香湘心里“咚咚”地敲鼓的时候，扩音器里传出了工会主席洪亮的声音：香湘老师请上台。

来之前，香湘已经在小区门口的超市里买了上好的茯茶和冰糖。她想，既然是认亲戚就不能空着两只手。

香湘听到自己的名字时，把“花仙子”发型规整了一下，深吸了一口气，平复了一下紧张的心情，边往台上走，边用目光搜寻自己结对子的对象。

只见从另一头走上来一个三十来岁戴着花帽的男人。他中等身材，很结实，猛一看，酷似《水浒传》里的李逵。他身旁有一个小男孩，好奇地东张西望。

香湘走上台时，望了一眼那个男人，抿了一下饱满红润的嘴唇,笑了。这不是那年春暖花开时节,租住过母亲家房子的买买提!刚才她还为如何打破与结对子的人初次见面的窘境而发愁,一看是熟人,她顿感自己跟燕子飞过柳枝一样轻松了。她主动伸出手握着买买提的手说:“亚克西木斯孜(你好),几年不见了,你样子一点都没有变。”

买买提眼睛里流淌着喜悦,笑着说:“三十好几了,我都,比以前嘛,老了。”买买提将身边的小男孩拉过来说:“这是我的巴郎子阿里江,七岁了,去年从和田接过来的。”

“跟我儿子差不多大,都是秋季该上学了。巴郎子一看就像你,瞧,那睫毛长得能挂住弯月。再瞧,这双眼睛,会说话似的。我真羡慕死了。”香湘摸了一下阿里江的脸蛋说。

“真没想到让我又遇到你。”买买提搓着双手,激动地说。

“这是你我的缘分!”香湘说着,把装茶叶和冰糖的袋子递给买买提,声明这是自己的一点心意。

香湘告诉买买提,有空带着孩子到家里来玩。买买提也表达了自己的想法,希望她休息的时候,到新租的房子来看看,到时候给她做抓饭吃。

3

买买提是在和田结的婚。阿里江两岁的时候,妻子患重病,花光了家里所有的积蓄,还借了不少的钱。去了北京、上海等好几个地方的大医院,病都没看好。为给妻子看病,耽误了大大(父亲)的病,大大先于妻子一年多走了。当时,买买提好一阵子都睡不好觉,感到十分愧疚,对不起大大,没有尽到一个儿子的责任。后来妻子去世后，阿里江由母亲帮着照看。他来到这里，想打工挣钱，把借别人的钱还上。

刚来时，买买提在离香湘母亲家不远的物流公司打工。当初买买提来租房子时，香湘对母亲说，出来打工的人，都是不容易的人，房租便宜一点。母亲爽快地答应了。

香湘是在买买提搬进母亲家院子的那个周末见到他的。

香湘在院子葡萄架下帮母亲拣韭菜，靠着墙根的买买提给香湘讲家里的事。香湘对“李逵”式男人有点心怯，感觉这样的人都凶巴巴的，容易激动，说话粗鲁，做事莽撞。可买买提跟她想象的不同，他说话声音很轻，见人总是微笑着。这一点，香湘自己做不到，对熟悉的人、喜欢的人微笑很自然，可对陌生人，或者不熟悉的人，她脸上的肌肉就是僵硬的，怎么也软不起来，也笑不出来。渐渐地，有人说香湘是个冷漠孤傲的人，不好接近。买买提微笑起来自然亲切，一下拉近了彼此的距离。不知谁说的，微笑是最好的名片，显然买买提这张名片被更多人接受了。想到这里，香湘抬头，望了一眼买买提。也就这么一望，她发现他的眼睛里布满乌云，像马上要落雨似的，哀伤、无奈、悲凉混杂在一起，弥漫在他的眼睛里。那低沉的乌云越过眼眶，以一种势不可挡的汹涌之势，向她扑来。她冷不丁地哆嗦了一下，身子在小板凳上微微晃动了一下，这晃动很轻，只有她自己感受得到。她迅疾低下头，为了掩饰自己慌张的神情，顺手拿起一撮韭菜，佯装拣菜，但眼睛的余光却不由自主地投向了买买提。他不时使劲干搓一把脸，看得出，他想努力控制自己的情绪。她知道，丧妻丧父的痛苦与家境的困顿如雪崩一般向人袭来时，有几个人能扛得住？

沉默片刻，买买提对香湘说："我要多多挣钱，让巴郎子上最好的学校，将来才会把日子过好一点。"

香湘边拣菜边想，别看买买提脸上挂着微笑，内心却隐藏着忧伤。他那种对生活不放弃、对困难不低头的信心和勇气，令她顿生敬佩之情。

买买提上过几年学，也是断断续续的，家中地里的活多得干不完，他是家里的老大，为了帮父母，早早扔下书包，拿起锄头下地干活了。他舍得力气，肯吃苦。当他到物流公司应聘时，精明的老板一眼就相中了他。他在上班第三天，捡到了一个客户的手包，里面除了现金和各种银行卡外，还有一沓票据。他交给老板，老板找到了客户。客户给公司送了一面锦旗，上面写着：拾金不昧，风格高尚。买买提不认识汉字，但看到鲜红的锦旗时，他笑着低下头，脸上泛起一片红晕，不好意思地抚了一下头上的花帽。

香湘听说此事后，有一次给买买提送旧电视时，问买买提怎么想的。他很认真地说："人，一样的嘛，丢了东西的人，心里肯定跟猫抓似的，着急得很。一辈子找不着，着急一辈子呀。不是我的钱，拿着跟炉子里烧红的炭一样，手烫得很。"

4

买买提在本地没有住房，算是租赁户，孩子上学需要七八样证明。买买提为了多挣点钱，总是天麻麻亮就出去了，等月亮和星星出来才回家，根本没时间一个部门一个单位地去跑这些事情。再说，即便找到了，不懂汉字，又是麻烦事。

一个细雨蒙蒙的下午，买买提敲开了香湘家的房门。上次买买提是在两人结完对子的第二个周末，手里提着从和田捎来的水果来看香湘和家人的。

香湘从买买提手里接过水果说："既然结了对子，就是亲戚，我就收下了。"

买买提这次来是为阿里江上学的事，麻烦香湘帮个忙。

香湘想让买买提多坐一会。他说回去要洗衣服，改天再来。买买提说了几句不紧要的话打算走。临走时，香湘塞给买买提一盒巧克力，说带给阿里江吃。

买买提把自己的身份证交给香湘，目光充满期待地说："这回给你添麻烦了。"香湘接过身份证说："上学是家里的头等大事，我尽快办，放心！"

买买提为了工作方便，在物流公司搬迁到城西后，他也从香湘母亲家搬到了城西。这里有一所朝阳小学，但这是所城郊学校，硬件设施及师资力量都赶不上县城里的光明小学。

买买提是从物流公司老板那里听说光明小学的，他想自己没文化，一定要让巴郎子上好学校。为此，一年前买买提从城西的房子搬出来，在光明小学附近租了房子，房租比以前多了一倍，但他认为值得。新生入校是按片区划分的。只有这样才有希望进入光明小学。

光明小学校园里有塑胶跑道，有室内体育馆、图书馆、多媒体教室等。这都不算什么，关键是这里的老师都是响当当的名校毕业生，择优选进来的。据说当初为了吸引优秀教师，学校不仅给聘用的优秀老师分一套一百二十平方米的房子，在配偶工作调动、子女入学等方面也都给予照顾。

香湘作为教师代表曾两次来该校观摩过。这所小学的学生参加全国奥数比赛、航模比赛、作文比赛、书画比赛屡屡获奖。这些获奖学生的照片、奖状及荣誉证书被制作成宣传栏，在学校院子四周立着。后来证书和照片越来越多，学校在外墙上喷绘成宣传图，红红绿绿，成为一道风景，过往的人大都会驻足看几眼。香湘看到这些，心想，儿子要是在这里读书，一定也会上令人热血沸腾的红榜的。

香湘想，如果自己当初是从内地名牌大学毕业的，毫无疑问能进这所小学。每次想到这些，她便暗自感叹：关键时刻的选择真会影响人的命运。

平日里，香湘与老师们闲聊时，总能听到光明小学学生某某参加比赛获奖了。听到这些消息时，她平静的心就会泛起波澜。儿子龚翔怎么也得到这来，好环境对学生是有影响的。每年小升初时，这所学校毕业的学生，八成都会被重点中学录取。这更说明学校综合实力不容小觑。也难怪，每年秋季入学时，为了能让自家的孩子上这所小学，家长们煞费苦心，托关系，找熟人，可谓八仙过海，各显神通。

香湘家不在光明小学片区，但听说，对教师的孩子，学校多少还是给予照顾的，这多少让她心里有点安慰。

5

到底阿里江能不能就近入校，香湘并不清楚。当下的事情是先把入校的各项手续办妥。

既然是租的房子，租赁合同好办，香湘让买买提找房东要了一份。工作证明,也让买买提找物流公司开具了一份。

防疫接种证明,买买提说怎么都找不到。

这天,香湘请了半天假,到计生部门咨询,看能不能补办一个。第一次去,人不在。第二次去,办事人员说在哪里接种,就到哪里去办。孩子出生在和田,就得回和田去。香湘问办事的人有没有其他办法,办事的人面无表情地摇了摇头。

香湘回来后,告诉买买提,赶快给家里打电话,让补办好,快递过来。

当拿到接种证明时,离开学的日子不远了。

香湘忙着给阿里江跑上学的事,回来有点疲惫,身子靠卧在沙发里,跟一摊软泥似的。

丈夫龚博然给香湘倒了一杯温开水,说:“事没你想象得那么简单,按政策,能上就上。该把心思放在龚翔上学的事上。我们就一个孩子,你又是老师,孩子要是不能上个好学校,那不让人笑话,你的脸面往哪里放!”

香湘喝了一口水,说:“我不是没想,我是老师,照以往的情况,学校能照顾一下的。虽说划片区上学,可阿里江能不能上,我心里一点底都没有。如果接收不了,就要安排去其他学校,这就不好说了。两三公里,五六公里,乃至更远。那么小的孩子,再说,买买提上班没时间,接送都是大问题。”

香湘将准备好的材料装进牛皮纸袋子,又把自己的户口本、身份证、结婚证及全部复印件装进白色信封里。她到光明小学咨询时,接待她的是一名身体肥胖、态度和蔼的女老师。女老师看了资料说:“把你的资料放下,我报给教务处。这租房户的资料你拿回去,你是不知道,今年这样的新生骤增,学校实在无法接收了。你最好赶紧去教育局问一下，看哪个学校有接收的余地。”

香湘想，等个接种证明的时间，就晚了。这种情况她也明白，自己的学校虽是城郊学校，每到这时候也是人满为患。这些年，县城开发建设，工厂小区一个连着一个，不起眼的县城，跟孩子一样，在不知不觉中长大长高，早已经不是过去那座只有一条街的县城了。

提及教育局，香湘倒是认识一个人，前年教育系统学习时俩人住同一间宿舍。香湘拨通人家的电话，对方说，光明小学旁的水岸春天小区已经办入住了，新增了不少学生，老师的孩子上学比以往都难了。“这个节骨眼上，租房户的孩子进光明小学，不是打击你，没啥希望了。当然了，你要是跟校长熟悉，且人家肯帮这个忙，就另当别论了。”

“难道一点希望都没了？”香湘压低声音瞪大眼睛急切地追问了一句。

“你不是连续两年被教育局评为全县优秀教师嘛，你孩子上学的事，找一找说不定还有希望，至于你结对子的那个孩子，真是不好说。”

回家时，起风了，香湘走在人行道上，步子很慢。“花仙子”发型被吹得走了样子，一片发黄的叶子掉在她的头发上，她不慌着拿下来。横冲直撞的风，把树梢吹得乱飞，也把香湘的心吹乱了。要是给阿里江办不成，买买提会咋想？当初可是信心满满地告诉人家，把他的事情，当自己的事办，如今事情如果黄了，他一定会认为我是个不干实事，只会说漂亮话的人。一诺千金，以后还咋跟他家来往？若龚翔进不了光明小学，婆婆咋想，一定会说我是胳膊肘往外拐，脑子不是进了水，就是让驴踢了，缺心眼，不让自己孩子上学，为一个不沾亲不带故的人，瞎忙活。丈夫怎么想，望子成龙，谁不想呢？单位同事怎么看？是不是故意作秀，显示自己风格高，想当个什么模范人物？越想越乱，跟一锅越熬越稠的粥似的没了头绪。

怎么办？

6

香湘前脚刚进家门，后脚婆婆领着儿子龚翔就进了门。

平日里，婆婆虽对香湘挑三拣四，可谁让龚翔是三代单传的独苗呢，自龚翔上了幼儿园基本就是婆婆带着。婆婆年轻守寡，有了孙子后，把全部精力都放在龚翔身上，要什么买什么，吃什么做什么。龚翔都已七岁了，上街不走路，还要人背着。香湘多次说过娇惯孩子不好，可婆婆脸一拉，说，这是我孙子，这么做高兴。

香湘冲丈夫龚博然苦口婆心地唠叨过无数次，丈夫是孝子，咋可能说母亲的不是，他闷葫芦一个，不发一言。香湘有几次实在看不过眼，又无能为力时，把茶杯狠狠地摔在地上。丈夫望着粉身碎骨的精致茶杯，只说，东西摔了还得花钱买，何必呢？等孩子大点，就好了，用不着急。

香湘换了衣服，进厨房做饭。婆婆跟着进了厨房说："眼看就秋季开学了，龚翔说啥都得进光明小学。只要进了这所小学，进重点中学那是十拿九稳。进了重点中学，你再抓紧点，考重点高中乃至重点大学就不愁了。"说到这里时，婆婆眉梢眼角嘴角都扬起，似乎龚翔现在不是上小学，而是已经考上了大学。这样的表情香湘太熟悉了，只有在婆婆十分高兴的时候才会出现。

晚饭后，婆婆从衣兜掏出一个鼓鼓囊囊的小包，放在桌子上，对香湘说："这是我攒的一点钱，你拿着给龚翔上学用。"

起初香湘想，龚翔进不进光明小学都不重要，朝阳小学也挺好，自己是老师，辅导作业不成问题。就是上了初中也是没问题的，她可是师范学院的优秀学生。

香湘对门家的孩子从光明小学考到内初班了。这让香湘动心了。毕竟家里就一个孩子，谁不想在条件优越的学校接受教育呢?!

尤其听对门常说，内初班的条件好很多，由老师带着各处参观不说，社会实践也多种多样。

这天夜里，香湘梦到儿子龚翔已经上了内初班。孩子在大海边开心地奔跑着，对她说："妈妈，我要游过太平洋，去海的那边等你。"

香湘听了龚翔的话，感到无比自豪，她张开双臂，准备拥抱孩子。此时"咣当"一声，门响了，把她从睡梦中惊醒，扭头一看是龚博然下夜班回来了。

翻过身子，香湘怎么也睡不着了。

买买提是结对子认的亲戚，可他也是父母亲的救命恩人。

这事还得从两年前说起。

香湘在参加继续教育培训的一个夜晚，接到买买提的电话。他喘着粗气，半天没说出一句话。香湘本能地意识到，一定出了什么事，心一下就提到嗓子眼了。

"买买提，别急，慢慢说，到底怎么了?"香湘努力控制着自己的情绪。

“你父母……中毒了……煤气。”电话那头好不容易跳出几个字来。

香湘感到这不是几个普通意义上的汉字，是惊雷，是那种从天而降照亮夜空的惊雷。

“人在哪里？”香湘身子颤抖着急切地问，眼里却已溢出了泪水。

“县医院。”买买提说。

香湘疯了一样，穿好衣服，打车赶到了县医院急救中心。人已被送进去抢救了。买买提站在门边，焦急地张望着。见香湘进了门，不知道说什么，嘴唇嚅动着，指着急救室的门。

生死就是一口气的事情。因救治及时，父母安然无恙。出院后，香湘母亲一直念买买提的好，再也不肯收他的房租，说：“我手头再紧张，哪能收救命恩人的钱呢？”

香湘自然也感激买买提。她想，倘若没有买买提，她就成了没有父母的人，虽说自己成家了，可一旦失去父母亲，那便是孤儿了。“孤儿”，这个词让她感到冰凉和恐怖。她一直认为，世界上只有父母对孩子的爱是无私的。这一点她在成为母亲后，感触更深。

7

时间是不等人的，眼看开学的日子就近了。香湘想，不能再拖了，先到教育局问问情况。

香湘提前半小时到教育局基教办，但门前已等候了二三十人。她谨慎地将这些人扫视一遍。有人脸上是一副愁相,有人则一脸喜悦,更多的人是那种焦躁不安甚至是惶恐的神情。

香湘忐忑地想,自己可不是办一个人的事情,而是儿子和阿里江两个人的事情。若遇到一个通情达理的人,说不定,人家大笔一挥,两件事就办成了。万一遇到一个不好说话的人,以材料不符合要求为由,轻而易举地把自己打发回去了。要是这样咋办?香湘眼前呈现出不同的结果,心情如初夏的天气一样,一会晴又一会阴,令人纠结。她顺着办公室过道来回走了两趟,拿不定主意。

这时,手机响了,香湘掏出一看,原来是买买提打来的。她没接,将音量调小,装回包里。可她眼前却浮现出买买提的眼睛,那双充满渴望与期待,又掺杂着忧郁的眼睛。香湘赶紧把眼睛闭上,她不敢看这双眼睛,似乎这双眼睛是在拷问她的良心,在面对自己的孩子与他人的孩子时,该做出怎样的选择。顿时香湘感到心乱如麻,像被放在炉子上炙烤一样,心神不宁,焦躁不安起来。

过了一会,香湘背靠在过道的墙上,微微张开眼睛,一个人影又出现在她的面前,瘦小身材,齐耳短发,绿色开衫,蓝色裤子,这人不是婆婆吗?她怎么会在这里?忽然耳边响起婆婆的声音:“你是当妈的人,就这么一个孩子,就是千难万难,必须得上光明小学,不然——”声音到了这里戛然而止。省略掉的话,比说出来的话,似乎更有分量。

香湘明显感到双腿有点发软,身子往下沉,头在增大变重。她双手按着太阳穴使劲地揉,抬起脖子,想让昏沉沉的脑袋清醒一点。

“该你了,不进去,我就进去了。”一个男人的声音。

香湘这才从恍惚中回过神来,一脚轻一脚重地向那扇深红色的门走去。

不大的办公桌后端坐着一个四十开外的男人,寸头,方脸,一字眉,厚嘴唇,一脸严肃的样子。

胆小的香湘怕见领导。这人不过是个股级干部,按行政级别算不得什么领导,可人家手里有权,板着脸,有种无话三分威的感觉。

香湘站在门口,紧张地把双脚收拢并起,像小学生迟到了似的。中年男人看了一眼香湘说:“什么事,坐下说。”

香湘缓步走进去,步子轻得没有一点声响。她小心地坐在椅子的三分之一处,从包里掏出准备好的资料,轻声细语地讲自己的事情。

说完后,香湘眨着眼睛,静静地等待。眼前这个男人,靠在椅子上,边翻看资料边听,听完后,半晌没说一句话。

办公室顿时安静下来,空气里弥漫着令她窒息的气息。香湘低着头不敢看对面的男人,她双手紧握着,心如海涛拍打海岸一样,一阵紧过一阵。她在等待结果,这个结果对她、对儿子龚翔、对买买提、对阿里江,甚至对婆婆,都很重要。

对面的男人打破了沉寂的气氛。他翻完资料,说:“这样,资料放下,你先回去,等消息吧。”

听到这话后,香湘紧闭着的嘴唇,微微张开,她想再说点什么,可嘴唇发黏,想说的话,在嗓子眼就停住了。她想,为啥现场不给个答复呢?在她之前出去的人手里都拿着单子,为啥不给她一个,这意味着没有希望了是吗?想到这里,她的双眉不由得拧成了一股绳。

回到家，香湘心里像是压了块千斤重的大石头，她感到一种前所未有的焦虑。丈夫调休在家，正陪着儿子在书房玩跳棋。她没有说话，一头扎进卧室里，关紧门，趴在床上“呜呜”地哭。虽然她把被子蒙在了头上，隔壁的儿子和丈夫还是听到了。

最先进卧室的是龚翔，他趴在床边低声说：“妈妈别哭了，我给奶奶和爸爸都说了，我不去光明小学了，想跟你在一起。阿里江没有妈妈，我有妈妈。”

丈夫走进屋里坐在床边，说：“上次去买买提家吃抓饭，阿里江跟龚翔玩得很好，说实话，他跟龚翔一样大，失去母亲，真是让人同情。”

“妈妈，下次去阿里江家，我给他送几样玩具。”龚翔揭开香湘脸上的被子说。

香湘翻身坐起来，冲龚翔点点头，把儿子揽入怀里。

8

香湘不知道自己咋就走到买买提租住的房子了。这是一处单位的旧平房，早被列为棚户区改造项目，目前还没有动工。这里的房子面积大都在六十平方米左右，一套两大间，隔成四小间，卧室、厨房、卫生间都很小。房租却比其他地段的楼房都贵，原因就是挨着光明小学。

买买提租住的房子在第二条巷子的最里头，靠西边的那套。巷子不过两米多宽，有的人家在门外堆放了杂物，使原本并不宽敞的巷子显得更拥挤了。

香湘在巷子口看到一个小男孩在踢皮球。她眼睛近视，眯着眼睛细细看，感觉就是阿里江，一般这么大的孩子都在幼儿园，不可能一个人在家里。

“阿里江！”香湘加快脚步的同时，喊了一声。

只见那个男孩转过身来，看了一眼。身着白色连衣裙的香湘，像一朵盛开的芙蓉花，一下吸引了男孩的目光。他飞奔过来，一双小手紧紧地抱住香湘的腰。

香湘蹲下身子，抚摸着阿里江稚嫩的脸庞。他忽闪着水晶一般的眼睛，问：“香湘阿恰（阿姨），上学去吗？”

香湘被问住了，不知怎么回答。她低垂着眼，心里发虚，真怕让孩子失望。她拉着他的小手亲了一下，说：“不急，过几天就知道了。”声音里有那么一丝微颤。说完，她起身牵着他的手向屋子走去。

香湘收拾屋子，看着身边的阿里江想，人生有三大不幸，幼年丧母算其一。人说，没妈的孩子是根草，这孩子这么可爱漂亮，比自己的孩子更懂事。他知道大人要挣钱，独自在家。想到这里，香湘感觉后背一股子凉意蹿上头顶，整个身子都抽搐了一下，接着鼻子发酸，眼眶不禁就湿润了。

“你的眼睛怎么红了？”阿里江拉了一下香湘的衣角问。

香湘的目光哆嗦了一下，手心隐约有了潮意，她下意识把手捏紧，鼻子感觉被什么堵住了，呼吸不畅，仰头猛地吸了一口气，没敢看孩子。她望了一眼窗外说，眼睛里掉进了脏东西，一会就好了。阿里江的话，击中了她心底深处那块温柔的部分。

晚饭后，香湘跟龚博然说了去教育局的事情。龚博然半晌慢吞吞地说：“你看着办！”香湘了解丈夫，他是搞技术的，不会说那么动听的话，也不会给自己什么建议，最终拿主意还得是自己。

原本挨着枕头就入睡的香湘，这天夜里总是睡不着，好容易有了睡意，也总处在恍惚中。一双水晶一样明澈的眼睛，一直看着她，那乌黑的眸子，像是跳动的火苗，充满期盼与渴望。这簇火苗渐渐地成了一团熊熊的大火，将她围拢，炙烤着。她脸发烧，心脏狂跳，血管里的血液如壶口瀑布泻下的黄河水一样，那么汹涌，让她身子发烫……

第二天，香湘提早半个小时出了门，她没有去学校，径直去了教育局。

这次，香湘没有像昨天那样胆怯，似乎有一种莫名的力量推着，她大大方方地敲开基教办公室的门。显然人家刚上班，正在往茶杯里泡茶。

“我理解你们的难处，先不考虑我孩子的事，只要能让我结对子的孩子进光明小学就行。”香湘说。

“你是经过深思熟虑吗？”男人问。

“我想了一个晚上，这是最后的决定。”香湘目光坚定，语气诚恳地说。

“资料我看了，你的情况我也了解了，最晚明天就会有结果。”

9

买买提接到光明小学入学通知电话时，他正在卸货，客户要得急，中午饭都没顾上吃，肚子早就“咕咕”叫了，他想等卸完货再去吃饭。接到电话后，他兴奋地跳了起来，把吃饭的事都忘了。

下午刚上班,买买提高高兴兴地领着阿里江去学校报到。接待他们的是一位高个子女老师,她机敏地上下打量了一番买买提说:“你就是买买提啊?”说着,又瞧了一眼他身边的孩子。“不用说,他就是阿里江了?”买买提面带微笑点着头,心里却跟井里的水桶似的,七上八下,有点忐忑,有点纳闷。他是第一次走进光明小学,虽然之前他多次在马路上张望过学校的大门和围墙上的照片,但从未进来过。他们怎么知道我和阿里江的名字呢?一定是香湘告诉他们的。

高个子老师在帮他们办入学手续。旁边一个男老师说:“香湘老师风格真高尚,宁可放弃自己孩子上学的机会,也要让这孩子进学校。还两次到教育局去找人,要是我可做不到。”高个子女老师说:“听说,香湘老师家里人特想自己的孩子进来的,也不知道她咋想的。”

买买提从高个子老师手里接过入学通知书时,高个子老师说:“你真是遇到好人了,去班级报到吧。”

买买提拿着通知书,脸上的表情凝固了,呆立在原地,跟雕塑一般。

后面一个人轻轻推了一下买买提,意思是办好了就让开。他手里捏着通知书,走出学校。买买提心想,这不对吧,阿里江进了学校,香湘的孩子就进不了了,她的家人咋个样子看?孩子会咋个样子想?虽然我希望巴郎子能进好学校,但也不能为了自己的巴郎子,挤占了香湘孩子上学的机会,这咋个样子都说不过去。自从我住到她妈妈家,院子里的菜我吃着呢,他们不要钱,后来还不收我的房租了,房子里的电视是她给的,巴郎子的鞋子、衣服是她送的。我搬家时，他们两口子一起帮我了。如今这个事情处理不好，会引起很多麻烦的事。我这是咋了？着魔了吗？非要上这个学校吗？巴郎子普通话不太好，进来了，不一定能跟得上。早听说，这个学校教学快，管得严。万一跟不上，巴郎子厌学就更麻烦了。不行，我得找香湘去。

“你怎么没有去报到？”香湘开门一看是买买提，便问。

“阿里江不去了，让龚翔去吧。”买买提低着头说。

“这怎么行呢？都已经报到了，你安心让阿里江去上学，别担心阿里江普通话不好，我会抽时间辅导他的，你不是当我是你姐姐吗？那就该听我的话。”香湘说。

话音刚落，茶几上的手机响起了那英的那首《春暖花开》，这是香湘设置的手机来电铃声。她拿起电话一看，是教育局基教办的。

玉西布早的春天

1

玉西布早村美术馆新馆即将开馆。得到消息后，李桦提前订了返程的机票。他原本想取道莫斯科，再回国。作为京城知名画家的李桦，去欧洲举办个人画展，又游历了北欧几个国家，前后有两个月了。

李桦去年夏天开始筹备新建玉西布早村美术馆。李桦第一次来这里写生时，觉得这个村名字的含意很有趣，“三个牛娃子”，有意思不说，更鲜为人知的是，李桦的乳名叫牛娃子。当然母亲去世后，再没有人这么叫过他了。

先前的玉西布早村美术馆是利用该村小学旧校舍翻新而建的。李桦找的赞助资金。美术馆的画作是他邀请全国各地的画家，来村里写生创作的。当然他的作品最多。

李桦作为新馆筹建人，开馆仪式，是一定要出席的。

玉西布早村的春天，整整比北京晚了两个多月。回到北京，到处是鲜花盛开，此时的玉西布早村，盘根交错的榆树才刚刚发芽，杨树的叶子也才舒展开来，翠绿欲滴，像朝气蓬勃的少女，让人欢喜,也让李桦欢喜。他爱这里的山川溪流,花草树木,家畜飞禽,当然最重要的是难以忘记这里的人。

迪娜大学毕业后,以大学生村官的身份,到玉西布早村工作。乡村美术馆斜对面的那间房子,是她的宿舍。

会计专业毕业的迪娜儿时喜欢画画。乡村美术馆兼职讲解员的差事,落在她的身上,一点也不意外。

村支书那扎尔说,迪娜年轻漂亮有知识,讲解员非她莫属。说着村支书递给迪娜一份打印的材料。迪娜拿着资料,笑眯眯地对村支书说:"试试看。"

打开玉西布早村美术馆的门,映入眼帘的是一幅巨大的少女画像,少女面容白皙,身着红色长裙,胯下一匹枣红马,昂首挺胸,目视前方。背景是草原风光,远山、白云、绿野、青松,隐约的毡房。夕阳的光投射在少女脸上,柔和、温暖、妩媚。少女嘴角微微上扬,侧着的那半边脸上,有一个浅浅的酒窝,似一汪山涧潭水,荡漾着撩人心扉的涟漪。

迪娜眼睛一亮,心里不觉惊诧道,这姑娘太像我了,或者说,我怎么跟这姑娘长得那么像。想着便下意识地摸了一下自己的脸,不由得有种火辣辣的感觉,似乎这幅画,画的不是别人,就是她自己。少女的目光有种穿透人心的力量,令人魂不守舍。

迪娜读大学时,也常去看画展,可从来没有一幅画作像这幅画这样打动她。迪娜将目光移到画作下方,那张巴掌大的说明卡上,作品名称:《姑娘阿莱》,作者:李桦,后面还有个括号,标注着:努尔。时间:一九九三年五月。

迪娜仔细地观看了整个美术馆的作品,在一百多幅画作中,一大半的题材是表现哈萨克族牧民生活生产场景的。妇女们清晨开始挤奶、擀毡，夜晚在毡房里刺绣。男人们在割草、宰牲。金雕、老人、孩子在无声地交谈。牛羊在草地上漫步，孩子与它们戏耍。姑娘要出嫁，小伙子扬鞭策马在追。转场途中牧羊犬尽职地照看着羊群。高大的骆驼把毡房的全部家当背负在身上。当然还有北京天安门、雄伟的长城、上海外滩、疾驰而过的动车等作品。

整个美术馆恬静、优美、抒情，一下让迪娜焦躁的心静了下来。

迪娜关上美术馆门的一刹那，心里升起一串疑问。这个李桦是什么人？他为什么有一个哈萨克名字？为什么在这里建座美术馆？

带着疑问，迪娜找到了村支书那扎尔。村支书说："人家是北京的大画家，以前来这里写过生，说这里景色好，不仅画了山，画了马，画了毡房，还给孩子和老人们画了呢！画出来的画，跟相片一样。"

迪娜追问："他什么样子？"说出这话时，她感觉自己声音有点大，母亲早对她说过，姑娘说话要轻声，不能那么大声，显得没教养。可她心里太想知道这个答案了。要知道，在山区，旅行的人多，徒步的人多，画家却不多，何况是北京的大画家。

村支书看了迪娜一眼，并没有马上回答。

迪娜心里紧张，低垂眼帘，不敢看村支书的脸。她两手抱于胸前，心怦怦跳。"什么样子，不高不矮，不胖不瘦。一个鼻子，两个眼睛，一个嘴巴，两个耳朵。"村支书说完，背着手出了村委会的办公室。

迪娜觉得村支书太幽默了，哪有这么形容人的。这跟没说有什么两样？她的意思是具体一点，比如说身高多少，圆脸还是方脸，大眼睛还是小眼睛，是长头发还是短头发，戴没戴眼镜这类的信息，至少让她从描述中对这个神秘的人，有个大概的了解。

迪娜显然对村支书的答复是不满意的。她期待最好能从那些杂乱的资料里找到他的照片，可她把村办公室的柜子、抽屉，包括几个码放在文件柜上落满灰尘的大纸箱子，都翻了个遍，也没有找到。

迪娜看了一眼镜子里的自己，灰头土脸，额头和鼻尖都微微有了细碎的汗珠。瞅着自己这副样子，感觉有点滑稽，为一个与自己不相干的人，至于这么费劲吗？即便找到照片又能怎么样？知道他的模样又能如何？彼此任何关联都没有。即便这个人，现在出现在眼前，又能干什么？没看出来吗？他关注的是那个叫阿莱的姑娘，他画的是她。他把她画得那么白皙那么美。她，果真有那么美吗？是不是被他美化了？此刻迪娜莫名有了一股醋意，似乎这个叫阿莱的女孩，不是画中的人，而是就站在她对面，似乎两个人成了对手，有种一决高下的架势。

想到这里，迪娜忙用双手捂住了脸，太不好意思了。真幼稚，自己跟一个画中的人计较起来了。

2

迪娜大学毕业前的那场就业招聘会上，有家企业与她签约，就业意向是该企业的财务部门。能到这家上市公司工作，让许多同学都很羡慕。迪娜高兴得很，当天把这个消息告诉了母亲阿依丹。母亲激动得一个劲说，学没有白上，又说会托人带信告诉她阿勒泰的奶奶。奶奶已七十多岁了,要是听到这个消息,不知道该有多开心。迪娜从小是跟着奶奶长大的。

迪娜的母亲是护士,三班倒。迪娜刚一岁,就被母亲送到奶奶家了。要不是奶奶耳朵背了,迪娜肯定会把消息先告诉奶奶的。

想起奶奶,迪娜就想起辽阔的草原,挺拔的松树,怒放的花朵,还有奶奶痴迷的花毯。迪娜的奶奶是草原上远近闻名的哈萨克族刺绣能手,经她手绣出的花毡,那花朵格外灵动。

小时候,奶奶绣花毡时,迪娜便拿着一根木棍,在地上学着奶奶的样子画。奶奶绣好的花毡,迪娜反复用小手抚摸着,像奶奶抚摸她那样,动作轻柔而亲密。迪娜把稚嫩的脸庞贴在花毡上,闭着眼睛,那神情,像草原上盛开的花朵。奶奶笑着,喊迪娜的名字:"我的宝贝迪娜,等你长大了,一定可以画出比花毡还漂亮的花来。"

等迪娜读小学时,美术课一直没有老师。大概是三年级时,来了一个又黑又瘦的男老师。可他给迪娜和她的同学们上了不到两个月,准确地说是六次课,不知什么原因,美术课就中断了。

有一次,在放学回家的路上,迪娜遇到了美术老师。"老师,我想跟您学画画。"迪娜小声地说。她声音太小了,只有她自己能听到。老师似乎没有听见,一脸严肃地冲迪娜说:"快点回家,路上小心。"说完便匆匆走了。

迪娜微微张了一下嘴,想再重复一遍刚才的话,可声音在嗓子眼卡住了,像是一块干馕堵在那里,不上不下。

美术老师为什么走了?迪娜最初跟其他同学一样都充满疑问。直到快放假时,迪娜才从两个老师的闲谈中得知了真相。

那天,阳光暖洋洋的,迪娜随手摘了校园草地上的一朵紫云英,看紫云英在指间轻盈旋转的姿态,对紫云英微笑。两个老师坐在教室门前的大石头上闲聊着。风把老师们的谈话送入迪娜耳朵里。

“美术老师走了。”

“走了,嫌工资太少。”

“也难怪。”

“听说参加招工,被一家企业录取了,大概已经上班了。”

山里交通不便,待遇不高,愿意来的老师更少。直到迪娜小学毕业,再也没来过一位美术老师。

可迪娜一直喜欢画画,喜欢画画的人,梦想成为一个画画的人。

3

夜里,迪娜躺在宿舍的床上,憧憬就业的兴奋如夕阳落尽后,心底某个角落里又钻出一只小鹿来,让她不得入睡,在无边的夜里,陷入了一种纠结中。

下午,迪娜从微博里看到一则消息,说一位北京的知名画家将在一个叫玉西布早的村子,帮助新修一座乡村美术馆。乡村美术馆在经济发达的沿海农村都不多见,怎么会选在天山深处?这太难以想象了。在绵延两千五百公里的天山,从任何一处进入,壮美的风光足以让每一个初访者惊叹。仅就风光壮丽作为动机,似乎是站不住脚的。那么除此之外又会是什么呢?

这个消息点燃了迪娜心中的希冀。她后悔当初没有选择美术专业,而是听从母亲的话,选择了会计学。

你也许会问,迪娜的母亲不是护士吗?理当尊重孩子的兴趣爱好,适时给予投入,把这个爱好培养成为孩子的特长,说不定会影响孩子的就业和一生。

这个浅显的道理,别说是迪娜的母亲懂得,就是山里的牧民也都是懂得的。问题是,迪娜的父亲吾尔肯因车祸致残,终日坐在轮椅上,没有一分钱的收入。上美术班是要掏钱的,且比一般的培训班费用都高。母亲一个人,除了照顾父亲,还要抚养迪娜和弟弟布拉克拜。

当初迪娜被母亲送到奶奶家时,太小,并不记事,那时母亲已有了身孕。弟弟进幼儿园的那年秋天,意外发生了。

父亲是卡车司机,长途运输中途休息,几个人在饭馆吃饭。这时,驶来一辆长途客车,停在饭馆门前,"呼啦啦"下来了三四十人。有的去厕所,有的坐在棚子下吸烟,有人则点了饭。有个男孩手里的皮球滚落下来,另一个稍大的男孩,捡起皮球,随手扔了出去。男孩随着皮球的方向跑去,皮球不偏不斜,飞向公路。一辆轿车疾驰而来。迪娜的父亲知道那车的速度。男孩根本没有意识到危险的降临……

这次事故导致迪娜的父亲残疾了。那个捡皮球的男孩被迪娜父亲救了下来。他的名字叫亮亮。

迪娜得知这个消息后,只想快快长大,尽早工作,帮助母亲分担一些家庭的重担。那颗渴望画画的种子,被埋在了心底深处。

如今大学毕业了,是在外地工作,还是回家乡去?玉西布早村美术馆的消息像个皮球一样,一直浮在她的脑海里。看或者不看，它都那么显眼。

4

迪娜回到玉西布早村时，部落里的许多牧民都骑着马，从各家的毡房赶来看她。

作为第一个考上疆外大学的哈萨克族姑娘，迪娜成为整个村庄的荣耀。妇女们、姑娘们与迪娜拥抱，贴面亲吻，有的人眼里噙着泪花。大家一起吃饭，唱歌跳舞，热烈的场面持续了一天，余温在太阳下山后渐渐冷却下来。

迪娜无法入睡，从床头拿了披肩搭在身上，她想出去走一走。

出宿舍门，右转便是条山路，蜿蜒着伸向大山深处。山路旁就是深浅宽窄不一的河。此时，正值春季，河水像吃饱肚子的马儿，一路欢腾狂奔，声音在山谷中传出很远。

迪娜的户口本上出生地写的是这个村，一直跟奶奶生活在阿勒泰草原的她，对这里却是陌生的。

当然，居住在这里的牧民大多是从阿勒泰迁来的，大概是一百多年前的事了。村里的许多牧民亲戚都在阿勒泰，就跟迪娜家一样。

迪娜想知道，为什么这个只有近二百户牧民的村庄，十几年间，先后走出了四百多名大中专毕业生，“状元村”的美誉如百灵鸟的歌声一样，飞出了大山。

迪娜走进村支书家的毡房时，村支书正坐在炕上喝奶茶，见她进来了，忙招呼迪娜坐下，倒了一碗奶茶给她。

“那个叫努尔的人,还会来吗?”迪娜喝了一口奶茶,放下茶碗问。

“哦,你是说帮着建起美术馆的李桦吗?他在北京。美术馆让村里的孩子们知道了外面世界的样子。他的那些画,也让孩子们开了眼。”

“您是说,因为美术馆,村里才有那么多孩子考上学的吗?”迪娜用惊讶的眼神看着村支书。

“可不是吗?自从美术馆建成后,每年村里小学开学第一件事情,就是集体参观美术馆。孩子们知道了首都北京、大都市上海,知道了高铁,知道了许多不知道的地方。

“给孩子骆驼大的财富,不如给孩子纽扣大的知识。让孩子好好学习,走出大山,走出草原,走向更广阔的天地。草原上的孩子,不能只会放牧。”村支书说。

村支书还给迪娜讲述了那些从村里考出去的大学生,后来当了记者、医生、护士、教师、畜牧师、演员、工程师、工人等。这些人都有故事,如果想听的话,以后慢慢讲给她听。

当迪娜问及那个叫阿莱的姑娘时,村支书打着哈欠,说:“不早了,早点休息吧,以后再说。”

在返回宿舍的路上,月光照耀着整个山谷,从树叶间遗落的光影,斑斑驳驳,这些光斑如一面面小镜子,发出明亮的光,又如舞台上打出的那种炫目的光,让人头晕,甚至产生一种幻觉。迪娜有些恍惚了。这到底是在天山深处,还是在演出剧场?迪娜的眼睛有点发酸发涩,她用力眨巴了几下,症状没有缓解。她用手背揉了揉眼睛,心想,这是怎么了,自己的视力正常,怎么会发花,真不可思议。

忽然一团光影闪烁着，一个人影从亮光中走了出来。他中等身材，发至肩头，胳膊很长。这让迪娜有点惊讶，这样的人在这里太少见了。那人什么话也没有说，只是冲迪娜招了一下手，那意思是跟他走。

迪娜有点好奇，心想怎么会冒出一个人。迪娜是不信鬼神的人，此刻她一点也没有害怕或者恐惧的情绪。他会带自己去哪里？

那个人走在前面，迪娜跟在后面，彼此相距不过几米。那人像飘浮在空中的云一样，听不到他的脚步声，也听不到呼吸声。

迪娜想问他叫什么名字。对一个新认识的人，第一个想知道的信息就是名字，要不然怎么称呼？就这么没头没脑地说，既不礼貌，也显得没教养。

转过一个山弯，那人向东走去。迪娜立刻明白了，是带她去美术馆的。

世间有许多神奇的事情，如果不是亲眼所见，都感觉十分奇异，这样的事情迪娜就遇到了。比如说，当那人走到美术馆门口时，原本锁着的门自动就开了。迪娜感到太奇怪了。门上的钥匙除了村支书有，另一把就在她这里，当然是挂在宿舍墙上的挂钩上。迪娜特意给钥匙拴了一个红色中国结，这是她跟同寝室的同学学着编织的。

那人如数家珍地给迪娜讲解每一幅画作的故事、作者的创作意图、表达的思想，以及与村庄的渊源。这让迪娜惊讶，原来村庄曾经发生过这么多不为人知的事情。

但令迪娜疑惑的是，那人在《姑娘阿莱》的画作前，却没有停留。她想问，嘴还没有张开，一阵夜风从门里钻进来，那人就不见了。迪娜慌忙追出去,空荡荡的院子里,什么都没有。四周安静得出奇,迪娜只听到自己胸腔里发出的喘息声,一阵紧过一阵。

迪娜转身时,一缕银光照射在《姑娘阿莱》上,柔和的光,让画中的姑娘更加柔美了,姑娘的目光依旧注视着远方。此时迪娜感觉阿莱不在画中,就在不远的山坡上。

“阿莱!”迪娜喊出了声。

半晌,没有人答应。迪娜愣愣地站那里。从身后漫过来的月光,把迪娜瞬间变成了一座雕塑。

5

李桦到玉西布早村时,村委会门口已经围满了牧民,许多人虽然不是第一次见他,但还是像欢迎初到这里的客人一样那么隆重热烈。

新美术馆就坐落在村委会的旁边,是一座建筑面积四百多平方米的木质建筑。迪娜熟悉这样的建筑风格,在阿勒泰的山里这样的房子很多,但多半是用来接待游客的。这里用来做美术馆却是意义不同。

新馆布置时,迪娜并不在现场,她作为家属陪着父亲去广州做手术了。那个曾经被父亲救过的亮亮,学习成绩优异,从广州医科大学毕业后,留在了广州一所医院。当亮亮得知迪娜的父亲,因为股骨头坏死急需手术时,多方筹集资金,决定给迪娜的父亲更换股骨头。原本一筹莫展的母亲听到这个消息后,兴奋得几个晚上都没睡好。母亲工作太忙,实在走不开,弟弟在上学。迪娜便向村支书请了假，陪父亲去广州治病。这一去一来就是一个多月。

新馆开馆在即，怎么能少了作为美术馆讲解员的迪娜？接到村支书的电话后，迪娜忙跟母亲商量，母亲说，她最快也得一周后才能去广州。亮亮得知情况后，说请迪娜放心，他会精心照顾好老人，而且自己的父母都已到广州了，也会来医院陪护。

迪娜站在欢迎的人群中。当白色面包车停稳后，从车里依次下来几个人，中间第三个人，忽然让迪娜眼前一亮，中等身材，头发到肩。这人似曾相识。对，不是那天夜里遇到的那个人吗？他就是美术馆的创建者李桦老师吗？想到这里，迪娜有些激动。她往前靠了一下，身体里的血液像山里喷发出的火焰一样，顷刻间，让迪娜全身沸腾了。

迪娜的目光一直追随着那个人，她希望他能看她一眼，哪怕一眼也好。她不认为他们是第一次相见，那天夜里他们就见过面的。可那人的目光只是扫视了一下欢迎的人群，并没有落在迪娜所在的位置，更没有注意到迪娜。迪娜挪动了一下脚步，将脚跟踮起，这样自己就高一点，也许他会发现。可迪娜的努力是徒劳的，他并没有回头，没有看迪娜一眼。

整个仪式很简朴，第一项是介绍参加活动的领导及嘉宾。念到名字的人，都向前一步。当李桦的名字从麦克风里传出来时，他同样向前一步，右手放在胸前，深深地向面前的牧民们鞠了一躬。迪娜的眼里顿时涌出了泪花。她说不清楚，为什么会在这么多人面前，为这个人满含热泪。她怕人看到，赶紧用捏在手里的纸巾擦拭了一下。接着是市里、乡里领导和嘉宾们为美术馆剪彩。牧民们热烈地鼓掌，迪娜也使劲地鼓掌。

“迪娜,迪娜。”

忽然听到有人叫她的名字,迪娜慌乱地循着声音望去,原来是村支书。

“哦,我是讲解员,怎么忘了。”迪娜忙从人群里走出来,快步走到村支书跟前。

村支书朝身旁的李桦说:“这是村里来的大学生村官迪娜,同时兼美术馆讲解员。”

迪娜连忙微笑着点点头,并问候了一声:“李桦老师好。”

李桦双眼顿时闪现出一种兴奋却不寻常的光。他盯着迪娜,目光中有惊喜,有激动。他伸出手,主动握住了迪娜的手,并用力晃动着,说:“你好,迪娜,辛苦你了。”可话说完了,手还没有松开。

迪娜的手被这双厚实有力的手紧紧地握着,她甚至隐隐感觉到了手骨节传递来的疼痛,但那手掌的温热,迅速就将疼痛化解了。这种温热传导给迪娜,像毡房里亮起了灯似的,她心中是满满的温暖。但她还是感到有点紧张,心在胸腔里扑腾腾乱跳,她有些慌乱,赶紧抽回自己的手,不知所措地来回摩挲着,掩饰自己的窘态。

之前来布置展馆的小李转身对李桦说:“大家一起看看新展馆吧。”

李桦似乎意识到了自己刚才的行为有点失礼,忙低头笑了笑,揽着村支书,一起跟随宾客进了美术馆。

迪娜的讲解令李桦相当满意,他的目光不时落在迪娜身上。可他哪里知道,看似从容讲解着的迪娜,心里跟春日的河水一样,汹涌澎湃。李桦每称赞一次,她的心就狂跳,手心都渗出了汗珠。

当走到《姑娘阿莱》画作前，身后不知道谁说了一句："迪娜多像画上的姑娘！"

迪娜听了这话后，脸腾地红了。这一红也凸显出脸上的酒窝。

一束目光传递着炽热的温度，迪娜侧脸时，李桦正看着她，迪娜猛地一惊，她发现他的眼眶隐约闪着泪花。她迅疾将目光移开，投向了画作，却仍能感受到，他的目光一直没有离开自己。

晚上，村里举行了盛大的庆祝活动，牧民纷纷向李桦敬酒，表示感谢。他筹集百万资金为村里新建美术馆，给牧民们办了一件大好事。

村支书说，这几年，牧民们纷纷利用自己的院落开起了牧家乐，每逢节假日，来山里旅游度假的人越来越多，村里的美术馆成了一个吸引游客的亮点。一些美术学院的师生、画家都来村里写生，给美术馆赠送作品，使美术馆的作品数量增加了不少，更让外面的人知道了玉西布早村，等于给村里做了广告。

李桦从牧民手中接过酒杯，仰着头，一饮而尽。他的脸不红，而是越来越白。迪娜站在旁边渐渐陷入一种茫然无措的情绪中。如果他真喝醉了怎么办？他刚才说，他担任了一个全国画展的评委，时间很紧，不然他会多待几天，已经订了明天中午的机票，若是饮酒过度，错过了航班怎么办？

当又一个牧民来给李桦敬酒时，迪娜抢先一步，挡在李桦的面前说："李桦老师不能再喝了，身体健康第一，请理解一下。"

话音刚落，大家顿时安静下来，所有人的目光像聚光灯一样都射向了迪娜。那目光有疑惑，有不解，有嘲讽，总之似乎都在质疑,她这样贸然打断,破坏了气氛。

“你一个姑娘,不懂男人的心情,李桦老师这么远来了,我们总得热情款待,怎么能不喝酒呢?”有人说。

迪娜顿时感到了一种紧张,这是她平生第一次在这么多人面前为一个男人辩护。当众人的目光汇集在她身上时,她心里跟敲鼓似的,怀疑自己是不是做错了,脸瞬间就有了烧灼感。

村支书站起来拍拍迪娜的肩膀说:“傻姑娘,别担心,我会照顾好他的。”

“但是,您也喝酒了呀!”迪娜不好意思地说。

“喝酒是男人们的事情,你就别管了。”村支书说。

哑口无言的迪娜,目光黯淡地看着跳动的篝火,不好再说什么。

显然,李桦已经有些醉了,他歪歪斜斜地站起来,接过牧民递来的酒杯,说:“人生得意须尽欢,虽然我在全国乃至世界多个国家都举办过画展,也获得过许多大奖,但我最有成就感的就是这座美术馆,它就是我的孩子。”说完,直接将酒杯中的酒倒进了嗓子里,用手抹了一把嘴角,又说:“兄弟们的心意,我是不会拒绝的。”

李桦的这种豪情,有点像天山上走下来的侠客。当年这个村就接待过《七剑下天山》的剧组,明星大腕云集,好不热闹。大概他们在晚上也如此豪饮过,不然怎么拍出那样侠肝义胆的人物!迪娜这么想着。

曲终人散。李桦被村支书搀扶着送进毡房。

夜深了,迪娜毫无睡意,脑子里跟放电影似的,回放白天李桦的所有影像。她忽然有种重新学画画的冲动。要是自己懂画了，就能与他更深入地交流了。

迪娜走出宿舍，她想一个人走一走。天空有云，月光时明时暗。出了院子，右拐，一路向前，不远处有一汪翠绿的潭水。这是被洪水冲积而成的。平日迪娜喜欢在潭边坐一会，或者与潭水对视，或者随手捡起一枚石子扔入潭中，看泛起层层涟漪的水面。

从狂喜到冷静，迪娜今天的心情如坐上了过山车一样，起伏巨大。她想好好梳理一下自己的情绪。

走出院子一百来米，迪娜隐约听到有人说话的声音，忽高忽低，含糊不清。这么晚会是谁在说话呢？迪娜往前走。在路的左侧不远处便是一片榆树林，不算浓密，但单株榆树很粗，大多是三四个人都围拢不住的百年榆树。

距李桦所住的那顶白色毡房五六十米的地方，是一棵呈Y字状的榆树，交错重叠的根系形成两级台阶。两个男人互相搂着，一个搂着一个的肩膀，另一个揽着对方的腰，俩人头挨着头。

声音是从这里发出的。迪娜忙躲在路边一棵榆树后，屏息静听着。

"你让我说你什么好呢？"

"我们是兄弟，还有什么话不能说！"

"我对你是又恨又爱。"

"咱哥俩，恨从何说起？"

"我恨你，太有才华，一来就把我们部落最美丽的阿莱姑娘给征服了。她当向导陪你们上山写生，给你们送饭，给你们洗衣服。再就是你住在她家养病的时候，她那么心细，跟照顾自己亲人一样照顾你。你要给钱，她一分不要，凭什么？傻瓜都能看出来。你哪里知道，我喜欢阿莱好长时间了，你没来之前，她还跟我说说话，自从你来了以后，她就不再理我了。眼看到手的燕子，飞了，我能不恨你吗？

“一晃这么多年，我又喜欢你，你画得好就算了，人也这么重情义。以前山里来过画家，可画完就走了，没给山里留下一幅画。瞧瞧你，给山画，给牛羊画，给老人画，给孩子画。画一年不算，坚持这么多年都来画，谁能做到？还建起这美术馆，牧民们或多或少都受益了。我不喜欢都不行！”

“那扎尔老哥，真对不住了，我真不知道你喜欢阿莱。阿莱从没有跟我说起这事。阿莱姑娘太美了，肌肤跟雪似的，比江南的女子都白净。我第一眼见到她，她就钻进我心里了。记住一个人，只需看一眼，而忘记一个人，一辈子都做不到啊！”

酒后吐真言。

迪娜听清楚了，这是村支书与李桦在说话。

等迪娜醒来的时候，李桦一行已经下了山。她站在山路上，望着空荡荡的山路发呆。可她心里却翻江倒海，后悔昨晚趁着李桦老师清醒的时候，应该把地址和电话留下，以后好联系。

李桦在开幕式和晚宴中不止一次说，他还会回来的，这里就是他的家。可迪娜知道，这哪是容易的事情。据村支书说，上次李桦来这里写生已是五年前的事情了。这几年，他在世界各地办展览，一切都是经纪公司策划好的，作为画家，他只能配合，自由支配的时间很少。不像前些年，一两年就来一次，待上十天半个月，甚至更长的时间。有人说，李桦就是一头山羊，玉西布早村的山头都留下了他的足迹。

此时,迪娜眼前浮现李桦的身影,他在向她招手。

6

第二天早上九点,迪娜习惯性地打开市里的广播,新闻里正在播放玉西布早村新美术馆落成的消息。她从新闻里获悉,李桦十多年前来这里写生时,遇到山中大雨,从山上下撤时,不慎摔入山谷,后来被牧民救出来,腿骨折了。他在名叫阿莱的姑娘家休养,一住就是两个多月。而阿莱家为了营救李桦,错过了抢救自家财物的最佳时机,羊圈被冲毁不说,还损失了十几头羊和三个牛娃子。洪水把羊圈旁的几棵百年老榆树连根拔起冲走,土木结构的老房子瞬间坍塌,只留下了毡房。

李桦为了感谢阿莱一家的救命之恩,许诺帮助村里建起一座乡村美术馆。李桦第二年来到玉西布早村时,却得知阿莱刚刚因病去世,她的父亲悲痛欲绝,一病不起,被她远在青河的姐姐接去了,再也没有回来。

李桦内心十分愧疚,一夜没睡,画出了那幅《姑娘阿莱》。当年秋天开学时,玉西布早村美术馆也开馆了。作为美术馆名誉馆长,他把这幅作品挂在最为醒目的位置。

迪娜的父亲和母亲从广州回来了,这次父亲不用坐轮椅了,更换完股骨头后,医生给父亲装了假肢。重新站起来的父亲,决定回一趟玉西布早村,看看老朋友们。

迪娜说,她要陪着父亲和母亲看看美术馆。

刚进村办公室,村支书递给迪娜一封信。迪娜瞄了一眼邮戳,是来自北京的信。她急不可待地打开,是李桦寄来的。信是用小楷毛笔写的，这是迪娜没有想到的，如今谁还会用毛笔写信呢！

李桦信上说，迪娜令他过目难忘，回到北京的这些日子，神情恍惚，以为是阿莱复活了，令他寝食难安。他必须告诉她，不然无法给自己一个交代。

一阵风从窗子里吹来，满屋子都是野蔷薇的花香，玉西布早村的春天来了，那风把桌子上的信封吹到了地上。迪娜拿着信，呆坐在椅子上，一动不动。

过 河

1

太阳明晃晃地照在落地窗户上。刺眼的光，让人看不清楚屋里到底有谁。不知是太阳光的作用力，还是人的心理作用，韩雪屋里的空气弥漫着紧张的气氛。

韩雪决定把花三十余万元盖的三层楼房，赠予孙子宝根，让女儿巧玲回来在合同上签字。

巧玲早就耳闻此事，但没想到这么快。她拿着合同从头到尾逐字逐句地看了一遍。母亲多年辛苦就积攒了这点家产，身体好好的，自己对母亲也格外孝顺，怎么就着急地把房子赠予给他呢？

巧玲把合同放在桌上，很费劲吃力的样子，动作迟缓，似乎放的不是一张纸，而是一块石头。她长叹了一口气，目光缓缓落在窗台上开得浓艳的臭绣球上。

韩雪低着头，坐在椅子上，默不作声，用她饱满的手掌摩挲着戴在左手腕上的玉镯。这镯子是婆婆留给她的，原本是一对，她嫌两只戴着麻烦，戴了一只在左手上。空闲时，她习惯了在手腕上来回摩挲，听村诊所的大夫说，有保健作用。因为戴得时间久了，玉镯更加通透润泽。如今脸上的润泽已经被无情的岁月之刀割去了，唯有手腕的玉镯依然熠熠生辉。

此时巧玲的心情很复杂：这么多年，自己为这个家出了不少力，尤其是盖房子时，把自己的积蓄全给了母亲。轮到自己单位集资分房时，自己干着急，钱没着落。那可是近百平方米的大房子，还赠送阳台。过了这个村，没这个店，她心里着急而无奈。那个节骨眼，若张口再向母亲要钱，就是逼人上吊的节奏。过了一年，她只拿了一套二手的小房子，两室一厅不到六十平方米。一家三口住得很紧巴。

韩雪去过那房子，进几个人就没有地方下脚。卧室勉强放下一张床，跟乡下的鸽笼子差不多，别说住人了，就是待上一会都憋得慌。后来宝根在省城上学，去过几次。等宝根上大学后，韩雪就再没去过。

为了宝根能考上大学，韩雪早早就让巧玲四处托人，将宝根送进省城一所高中。学校离巧玲家不远，宝根高中三年吃住都在她家。韩雪见宝根胃口好，吃起饭来狼吞虎咽的样子，坐在对面的她便说："瞧瞧，吃得就像牛娃子一样。"

后来为了提高成绩，巧玲又请家教为宝根辅导功课。她等于又多养了一个孩子，人力、物力、精力都搭进去了。

韩雪清楚女儿的付出，心里十分感激她，曾在她面前说过："你做的事情，我都看在眼里的，村里人都夸你，咱村的第一个女大学生，就是不一样，自己有出息，还把侄子带得好，等他大学毕业了，不会亏待你。"

如今这些话，韩雪似乎都忘记了，只字未提。

母女俩谁都不说话，静默地坐着。彼此的呼吸在屋子里与空气混合在一起，拧成一股强劲的气流，冲过来，撞过去，把谁也没有掀翻，气流冲向墙壁，将自己碰得粉碎。这种气息，彼此是能感受到的，但各自都固执地坚守着，每个人的脸都像火山爆发后岩浆渐渐冷却的样子。

半晌，巧玲打破了这令人窒息而尴尬的看似宁静而暗藏玄机的气氛。

“按说，这院子作为爸妈的共有财产，老爸是有一半的，这就不用说了。作为父母的财产，儿女是有资格继承的。哥哥去世得早，宝根可以继承哥哥那一份，这也在理。至于最终咋处理，你定。”巧玲望着端详臭绣球花的韩雪说。

韩雪的老伴王德平日话不多，在韩雪看来就是个闷葫芦，家里大小事情都是她说了算。不是说他没有自己的主意，而是想家里有人操心就行，别因为家里的事，两口子不和，一家人都难安宁。老话说，家和万事兴，就是这个理。

女儿说了半天，王德听懂了。女儿为家里的付出他心里是清楚的。就拿他几次住院来说，要不是女儿整日奔波在单位与医院之间，他这把老骨头早变成灰了。

逢年过节，自己的生日，女儿大包小包往家里提，吃的、穿的、用的，一样不少地买回来。不说这些，女儿还带着他去了北京，去了海南，让他实现了多年来想看看天安门、看看大海的梦想。当时巧玲也希望母亲一起去，可韩雪说出门就是花钱买罪受，不愿意去。凭良心说，他们是享了女儿的福了。

韩雪并不满足于享女儿的福，她心里真正想的是享孙子宝根的福。她也一直坚信自己能享上孙子的福，这福离她不远了，等宝根大学毕业就能实现了。

“先别着急，我们都活得好好的，等哪天不行了再说也不迟。”王德说这话时，眼睛斜瞟了一眼靠在门框边的韩雪。她已不再是那个苗条的女人，身子跟石磨上的磙子差不多一个尺寸了。他说话的声音不大，但语气中那股无声的力量，韩雪感觉到了。

“意见不统一，那就先放放再说吧。”

2

六月飘雪在戏文里听说过。现实生活中，六月下雪，韩雪却遇到了。

那些日子，韩雪总感觉胃胀，吃不下东西。她家在黑河西边，过了黑河，东边就是村诊所。她去拿点胃药。

出门时，天阴沉沉的。走到路上，开始下小雨了，雨滴如小锤子似的，敲击在她脸上。她急忙低着头，用双手捂着脸，快步走去。她拿上药后，诊所窗外已是小雨转为雪了。雪轻柔地从空中飘向大地，妖娆而妩媚。“这天跟妖精似的，怎么突然下起雪来。”她嘀咕着。

韩雪把一块毛巾搭在头上，一路小跑往家里赶。黑河木桥的桥面盖了一层薄薄的雪，她第一脚踏上桥面就感到很滑，她浑圆的身子，晃动着，如同走在钢丝上一样。光滑的鞋底抓不住湿漉漉的桥面，身子一歪，滑倒了。河水猛涨，裹挟着泥沙，如一条受惊的黄龙，发出巨大的吼声，似乎要把整个村庄吞噬下去。冷风加上河水的冲击力，让单薄的桥身不断地晃动着，木板“吱吱”作响。她下意识地攥紧拳头，揪心地把眼睛闭上，心想这桥要是塌了，那就要命了。她不想死，也不能死，她要看着自己的孙子出生长大。她的衣服被雪打湿了，也顾不了那么多，像有什么东西在后面追她似的，吃力地爬起来就跑。

韩雪进了家门，喷嚏连天。不用问，受凉了。她赶紧换衣服。刚才那惊心动魄的过桥经历让她心有余悸。

一个人破门而入，吓了韩雪一跳。

抬头一看是村主任马寿。马寿是回族。王德的父亲曾救过马寿父亲的命，后来两人结拜为异姓兄弟。马寿比王德小三岁，喊王德为哥。两年前村里换届时，马寿被推选为村主任。王德是他的坚定支持者。

韩雪见马寿上气不接下气地喘着粗气。

“咋的啦，村主任？”韩雪把包在头上的毛巾取下来，惊讶地问。

“韩嫂子，有个事给你说一下，可别难过。”马寿说。

“啥事情?”韩雪用好奇而惊恐的目光盯着他，追问道。

“昨天夜里乡煤矿瓦斯爆炸，柱子他……死了。”马寿低头从牙缝里挤出话来。

“扑通”一声，韩雪听罢马寿的话，双腿一软，当即就晕倒在地。

韩雪就这一个儿子，原本想再生一个儿子，可生了个女儿。她眼里人丁兴旺，得看儿子的多少。她曾暗自咒骂过自己不争气的肚子，可这哪是自己能左右的事。她无奈地接受现实，把儿子当作宝贝。

等韩雪再次醒来的时候，已经在县医院病房里了。

“天灾人祸是躲不过去的。他就是这个命，本想柱子能把家里支撑起来，可偏偏这么年轻就让阎王爷收了去，我能有啥办法？”韩雪捶胸顿足地说着。

巧玲安慰她说：“妈，别难过，还有我呢。”

韩雪抓起衣角抹着眼泪，一声不吭。她心里清楚，女儿再好都是人家的人，嫁出去的闺女泼出去的水。这哪能一样呢？

受到柱子去世的沉痛打击，儿媳心情悲痛，出现早产征兆。半夜三更急忙送到村诊所，大出血，早产生下了一个男婴。儿媳因失血过多，丢了性命。

儿子与儿媳的离去，对韩雪的打击很大。几天工夫，韩雪头发花白了，脸上如同被千刀万剐似的，深一道浅一道，布满了皱纹。苍老来得如此汹涌，来不及抵挡与躲藏。

韩雪给这个宝贝孙子取名宝根，并到庙里烧了香，祈求菩萨保佑这个早产的孩子。

韩雪怀疑奶粉的质量，自己到县郊的活畜市场里花了近千元买了头奶牛，让宝根喝上新鲜牛奶。为了家里的独苗，在她看来，花再多的钱也是值得的。

宝根身子弱，在夜里哭个不停，“小儿惊风散”喂了也不见好，哭闹吵得一家人不得安宁。韩雪无奈，这孩子怎么是个“夜哭郎”。喂药不行，就用土办法试试看。

韩雪从柜子里拿出过年时剪窗花剩下的红纸，又去邻居家找了两张黄纸，把两种颜色的纸，裁成二指宽、半尺长的小纸条。用马上见底的墨汁写了数十条符。每条写上“天灵灵，地灵灵，我家有个夜哭郎，过往君子念一遍，一觉睡到大天亮”的符语。这天夜里，她做贼一样，在村路口、巷尾，包括茅房这些人进出多的地方，偷偷地张贴。

巧玲从省城带回一些小儿药品。说孩子毛病不好，换个药，没准就好了，贴符是迷信，没有科学依据。

韩雪一脸不高兴地说："百姓用了几百年了，没听哪个人说，这是迷信。你上了几天学，就长本事了，也会教训起我了。"

巧玲知道母亲的脾气，她认准的事情，九头牛也拉不回来，她乐意做就随着她。

韩雪出去贴符的时候，巧玲给宝根喂了药，把他抱在怀里，宝根很快入睡了。

第二天夜里，宝根不怎么闹了。韩雪说是符灵验。巧玲张嘴想说点啥，想想，又憋回去了。

3

孩子只愁生，不愁长。宝根跟河边小树一样，个头一个劲地往上蹿，转眼就上小学了。

韩雪总觉得黑河木桥不牢靠，不知是心里有阴影，还是真怕出现意外，总之每日接送宝根成为她生活中最重要的事情。

五年级快开学时，宝根总喊自己胸口不舒服。韩雪不敢大意，先是带他在县医院做了检查，医生说这里没有CT，建议到省里医院再检查一下。

巧玲早早去医院挂号排队，陪着宝根在省医院做了CT，检查发现宝根心脏上长了一个核桃大小的肿瘤，急需手术。为保险起见，巧玲请医院的大夫约了北京大医院的大夫来主刀。当然费用就高出许多。

为了给宝根看病,韩雪把家里的五头牛、三只羊、三十多只鸡都卖了,又拿出家里的积蓄。巧玲也掏出了自己的奖金。

护士看宝根身体恢复得挺好,对日夜守护在病床边的韩雪说:“你这么精心地照顾孙子,将来一定能享上孙子的福了。”

韩雪听了,人笑得跟绣球花似的。她不仅希望孙子有好身体,更盼着他能上好点的中学,这样考大学才有希望。

韩雪家旁边就是村里的小学,学校要进行扩建,来征询她的意见。她灵机一动对校长说,只要能把宝根送进县城中学,她愿意把自己的院子让出来。

马寿夸韩雪有觉悟,为村里的教育,肯牺牲个人利益,高风格。他对韩雪竖着大拇指说:“只要你愿意,村里给你重新划一块宅基地。”

当时村里的孩子一般都进乡中学读初中,这里的条件远不如县城的中学。进县中学必须是城镇户口。也有农村学生进去的,那得有过硬的关系。

宝根进中学的这年秋天,韩雪在村南头一马平川近千平方米的宅基地上盖起了新房。村里人都笑话她,在没电没水的荒滩盖房子,脑子不是让驴踢了,就是进水了。可韩雪看中的是,新修的一条公路从这里穿过。她有自己的打算,在路边开个商店,做买卖总比种地强些。

宝根进初中后,就像变了一个人。逃课不说,三天两头跟人打架。不是把人家鼻子打出血了,就是把人家耳朵打穿孔了。最严重的是跟一个校外的社会小青年干仗,自己两根肋骨断了不说,把人家也打得小腿骨折。

家长、老师、校长轮番找到韩雪,除了让她道歉、严加管教孩子外,还要求她赔偿损失。这些事,让她焦头烂额不说,也让她在邻居们面前抬不起头。为了赔偿,她把多年攒的那点钱都掏空了。这些钱她原本是打算供宝根上大学的。

宝根每次惹了事,韩雪边替他“擦屁股”边咬牙切齿地嚷他:“恨铁不成钢的东西!”宝根总把头垂得很低,一副可怜兮兮的样子,发誓再不惹她生气了。她看到他这副模样,心又软了下来,想他没爹没妈怪可怜的,便说:“你多少长点记性,把我气死可没有人管你了。”他跟鸡吃食似的,不住地点头,颇有悔改之意。可要不了几天,就会旧戏重演。反复的折磨,令她几乎到了绝望的地步。

“不知道上辈子作了什么孽,家门出了这么一个逆子!”韩雪望着天空一轮残月,内心一种凄楚袭上心头,牙缝里不由得发出这恨恨的自语。

4

宝根上高中时,巧玲将他接到省城的一所高中学习。或许是环境改变了他,也许是他自己顿悟了。进了高中后的宝根,学习自觉了,成绩一年比一年好。到高二下学期时,已进入全班前十名了。

众望所归,宝根顺利地考上了西安的一所大学。韩雪感觉宝根给自己争了光。那些日子,她走起路来,头昂得比院子里大白鹅的脖子还高。拿到录取通知书时,她在县城的良友饭店把村主任马寿和邻居们都请来,好菜好饭好酒招待了一番。

马寿对坐在身边的韩雪说:“韩嫂子,没有白疼这个孙子呀!”韩雪望着高出她一头的宝根笑着说:“家里的事情多亏你帮助,不然我们哪能支撑到今天。”

宝根上大学,韩雪给他钱时,家里的小狗阿黄一个劲地用嘴扯着韩雪的裤脚。她没有在意,平日小狗喜欢围在她身边玩耍,给她解闷。阿黄摇着尾巴从韩雪的右边迅疾地跑到左边,用嘴撕扯她的裤脚,看她没有搭理它,又低头咬她的脚背,看她还是没有反应,就抬起前爪,伸着脖子,眼巴巴地望着她。

“阿黄,干什么?走开,别添乱!”韩雪拉平了脸,拍了一下阿黄的额头,厉声呵斥道。

阿黄缩回脖子,左右张望了一下,一副委屈的样子,它放下前爪,扭过头,灰溜溜地卧在门边,把嘴巴藏在身子里。

5

看了一天的商店,韩雪有些累了,朝楼上喊了几声,不见老伴答应,嘴里嘟囔着:“这死老头子,是不是又睡着了?”

上了楼,韩雪发现王德蜷缩在床上,脸皱成核桃,一副痛苦的表情。喊了半天都不见出声,她心里有些慌张了,赶忙给巧玲打电话联系医院,打车把王德送进了省城医院。

经过抽血、核磁共振等一系列检查后,王德被送进病房。韩雪和巧玲陪伴左右。

冷风在窗外“呼呼”地吹着,进入深秋,眼看天就冷了。韩雪心里想,如果老伴能挺过这个冬天,估计就没啥大事。

巧玲等候在护士站,心里七上八下。结果很快出来了,肺癌晚期,最多能活三个月。

看着病床上的王德，韩雪感觉有些对不起老伴，自从儿子去世后，为抚养孙子，她忽略了对老伴的关心和照顾。他从来没有埋怨过一句，整日操持地里的活。她寻思着，眼角就湿漉漉的。

韩雪是要强的女人，苦日子她没掉过泪，困难的事情她也没有掉过泪。她身上有股子拼劲，相信没有蹚不过去的河，也没有迈不过去的坎。种地她是好把式。盖房那会，她一个人顶三个人干，小伙子见她都竖着大拇指，甘拜下风。后来经商又是好手。其实她也有脆弱的时候，只是她习惯将脆弱隐藏在坚强的外表下。

王德被从医院接回家后，再没有下过地，一口粥也咽不下，只能靠输液维持着。这天王德用忧伤的眼神看着韩雪，迟缓地说："你将来还得靠闺女。"

王德话音刚落，韩雪从床边起身，冲他说："你别胡思乱想了，安心养病吧。"

其实王德想听韩雪一句话，就是等到房子征购后，给巧玲一份。女儿付出得多，做父母的，就是偏心眼，也不能亏欠这么好的孩子。他没听到想听的话，心里有些失望，也有些难过，想再说点什么，可憋闷的胸口让他呼吸困难，又说不出话来。无奈中他把头轻轻地摇了摇，无助地闭上了那充满悲伤的眼睛。

两天后，王德死了。他是睁着眼睛咽气的。马寿说他心里有事，没了结才闭不上眼睛的。

巧玲趴在父亲身上哭得死去活来。

6

韩雪没想到，原本无人问津的戈壁滩，如今成了炙手可热的宝地。一家招商引资企业看中了这块地，相关手续已办好，进入拆迁程序。没过多久，韩雪就接到拆迁通知。经过几轮讨价还价，最后以五百五十八万的价格达成拆迁协议，合同上明确地写着韩雪必须在一个月内搬离房子。

父亲去世“五七”时，巧玲回到家，在赠予合同上签了字。

巧玲几年前在县城买了套单身公寓，那时房价不高，她一个高中同学做房产销售，鼓动她买的，说算是投资。房子一直在出租。

韩雪不肯去巧玲家住。巧玲只好给租客退了房租，又多给了些违约金。租客搬走后，简单地重新粉刷了一下，韩雪就搬了进去。

这年夏天，宝根大学毕业了，而且有了女朋友。

一天，宝根女朋友从广西打电话来说，有个好项目让他去考察一下。

宝根就匆匆订了去广西的机票。走之前韩雪把那赔偿款的折子和银行卡交给了宝根。他拿存折的手一直在抖，“扑通”跪倒在地，给她磕了三个响头，满怀信心地说：“奶奶，我一定好好干事，以后让您舒舒坦坦过上幸福的好日子！”

韩雪听着嘴都合不拢，幸福的眼泪涌出眼眶。她边擦眼泪，边拉起宝根说：“我等你回来。”

宝根一去就是半年。起初打电话都是通的，告诉韩雪在广西做边贸生意很忙,要她照顾好自己,不要担心他。

闲暇时韩雪在超市里转转,在广场上溜达一下,满院子没一个认识的人。整个院子里的人都很忙,行色匆匆,就她一个闲人,没人说话,很无聊,好在有阿黄陪伴着,不然能把人给憋疯了。

巧玲来看望母亲,让她去省城家里住些日子。她不愿意去。她回了几次村里,转悠了好几次,物色了一处老院子。那家人想卖二十几万元。要说价格是公道的,也没漫天要价。

拆迁补偿款全给宝根了,韩雪手里没有钱。如今想买房子,只能问宝根要了。一晃又是几个月,此时再打他的电话就不通。她好容易打通了一次,宝根却说县城的楼房够住了,不要再买什么房子。

韩雪看了眼刚才发出声音而此时没了声音的电话,眼前发黑,手在半空中悬着,似乎自己手里拿的不是电话,而是一枚手榴弹,随时都有可能爆炸。

躺在床上,韩雪闭着眼睛,想打个盹儿。心想睡上一会,宝根会把电话打过来的。

巧玲从门里进来了,手里端着小花碗,坐在床边,没有说话,用嘴吹着碗口,显然她想让碗里的粥凉一点,再给她喝。女儿对自己这么照顾,自己真是对不住她。想到这里,韩雪的眼泪就跟春天的小溪似的,缓缓地悄无声息地从眼窝里流了出来。

"妈,哪里不舒服?"巧玲问道。

韩雪感觉耳边的发际都是湿漉漉的,才回过神来。

"躺着不知不觉就梦到你爸了,他给我送饭来了,那个死鬼。"韩雪拿起枕巾擦了一把脸。

小黄狗迅疾从沙发一角跑过来，靠在韩雪的脚边，一副亲密的样子。

其实这次巧玲回来本想告诉母亲，宝根早从广西回来了，他并不是做什么边贸生意，而是参加传销组织了。宝根在省城豪华的大酒店宴请高中同学，说自己做生意发了，请同学们加盟一起发财。许多人都动心了。巧玲不信。她心里一直忐忑不安，传销就是坑害熟人，钱没有挣到，却成了仇人。

这些是不能给母亲讲的，如果她知道，一定会气死的。她要强了一辈子，指望着宝根光宗耀祖。可他干了歪门邪道的事情，那不是丢祖宗的脸吗？更要命的是传销一旦被抓住，是要坐牢的，那就更惨了。想到这里，巧玲一身冷汗，打了个激灵。

窗外传来淅淅沥沥的雨声，小区院里一片寂静。无论之前有多少烦恼多少不公多少伤痛，此时被雨打湿、冲刷，那些曾在内心矗立的顽石，渐渐有了松软的迹象。

7

雪里埋不住死人，纸里包不住火。这老话说得一点都不假。

韩雪还是知道了宝根参加传销组织的事情。她回村时，遇到了马寿。马寿当时有些犹豫，但还是说了，因为村里好多人被宝根骗了。韩雪不相信，就坐车去了省城，好半天才在那家豪华酒店的一间客房里找到了宝根。

在门口韩雪就听到里面传来喊口号的声音，似乎人人都很亢奋，她搞不清楚到底是咋回事。

宝根开门的一刹那，既吃惊又意外，慌乱得有些不知所措，好几秒钟，他都没有反应过来。

“奶奶咋来了？”宝根问，并机敏地回头看了一眼屋里的人，挥了一下手，示意那些人安静点。半开的门里，那些人个个红光满面，神情兴奋，像是喝高了酒。

看见老太太站在门口，他们不约而同地向里屋走去，动作很默契，并随手关上了门。

“为啥就不能来？你给我说个道道来。”韩雪扶着门框，气呼呼地说。

看韩雪这样子，宝根知道事情是瞒不住了。

宝根扶着韩雪的肩膀说他的生意刚起步，正在培训人员，事情多，没有顾上去看她，等生意做大了买了大房子就接奶奶来省城住，目前只能委屈奶奶了。

韩雪心里积压了许多的不满，宝根甜言蜜语地一说，她却如茶壶里煮饺子——有口说不出了。她在沙发上坐了一会，心情平静些后，说想回乡下去住，不习惯城里的生活。

宝根挽着韩雪的胳膊，一副关心奶奶的架势，说：“乡下没下水，也没暖气，年龄大了，还是在城里方便些。”

韩雪一听这话，浑圆的身子腾地离开沙发，就不想待了，起身要走。宝根也没挽留的意思，赶紧从一个黑皮包里拿出一沓人民币塞进她的手里，说这是一万元钱，拿着零花。并再三说，等过一阵生意稍稍好一点，立马就回去看她。

韩雪回到家里，浑身无力，躺在床上一病不起。巧玲送她去医院，医生说，除了血压有点高外，其他都没问题，休养一下就没事了。

巧玲知道母亲的病在心里。她是又气又无奈。气母亲太过信任宝根，没把自己放在眼里，不信任自己能赡养她，把钱全给了尚未成家立业的宝根，到头来却是一场空。

几天后，巧玲在另一家宾馆找到宝根，让他拿出点钱，给奶奶在乡下买个院子，不过二三十万，就当给奶奶个本钱，让她安度晚年，也算是尽了孙子的孝心。

宝根先是说生意赔了，等赚了钱一定买。巧玲死活不相信，几个月的时间，几百万就没了，说给谁也不会相信。

宝根见巧玲不依不饶的架势，把脸一沉，身子往前一探，眼睛瞪得跟牛眼似的对着巧玲说："你是女儿，理应你出这个钱，凭啥我出，赠予合同上没写这一条。现在让我掏钱，没门！"

"你这是什么话？"巧玲大声说，气得浑身发抖。

"我就这个话，不然找法院去。"宝根翻着白眼，一副死驴不怕狼啃的样子，说完不理不睬地甩袖子走了。

巧玲无趣地回到家里，左思右想不明白，这个社会怎么了，一个传销，让正常的人都变疯了。

韩雪出院后，一直心情郁闷。

马寿来看她说："当下重要的是保重身子，家财万贯，人若是没了都是一场空。你如果真想回到农村，我儿子到外地开饭馆去了，他住的前院空着两间房子，可以让你先住着。"

远亲不如近邻，有这么个邻居是好事。韩雪有点动心了。

马寿觉得自己作为村主任，也是看着宝根长大的，跟自己的孩子一个样，他不信，这娃娃的心就是石头长的，这么不通人情？他要了宝根的电话，没想到电话打通了。他对电话那头的宝根说："当初你奶奶盖楼房前后也花了三十多万元，拆迁赔偿款的零头就够买院子了，做人要讲良心，何况是抚养自己成人的奶奶。”

宝根在电话里表达了自己意思，大意是说钱是奶奶主动给的，他没有把刀架在奶奶的脖子上，逼她给钱，给时也没有说买房子的话，如今又来这么一出戏。还说要不是看韩雪是他奶奶，那一万元钱都不会给的，其他的钱就别想了。说完挂了电话。

这世界怎么了？羊有跪乳之恩，乌鸦有反哺之义。韩雪视孙子为命根子，含辛茹苦将其养大，倾其所有把财产给了他，他却在金钱面前变成这样了。他是受过高等教育的大学生，算是有文化的人，怎么就不懂这个理呢？马寿始终都想不通，想不明白。全村三四千口，可从没出过这样的事，也没有这样的人。马寿摇着头，长叹一口气。他对韩雪说：“韩嫂子，那些钱你就当散了人了，别再往心里去了。”

韩雪还是有些不甘心，想再问一问宝根，电话拨过去后，宝根的号码已成空号了。“这个狼娃子，就没长人心！”她嘴里嘟囔着，手微颤着把电话放在桌子上。

巧玲不放心母亲一个人住，何况她心里正憋闷，就接了韩雪去省城家里住。

要去，就得收拾几件换洗的衣服。韩雪从衣柜里拿出了那个老旧的皮箱，打开皮箱翻找着，忽然手碰到了一个盒子，拿出来一看，咳，这不是婆婆去世时留给她的那只镯子吗？原本一对，自己戴了一只，一只放在箱子里，不看都忘记了。据说手镯是和田玉的。婆婆曾是大户人家的闺女，她病重时一直是韩雪守护在跟前，在弥留之际把镯子留给了韩雪。韩雪原本想等自己百年之后留给儿媳，可儿媳却早早地走了。

8

韩雪住在女儿家。到了上班的点，女儿女婿都去上班了，她到楼下溜达。有几个老年人从她身边路过，瞄了她一眼，她满脸微笑，像见到村里的熟人那样，友好而善意地点点头，而他们似乎并没有看到她脸上的这些表情，仿佛她不存在似的，面无表情地从她身边走过。她失望地一个人在小区里走着，似乎她是这个小区唯一的人。要是在村里，男女老少见了面都要招呼一声，问候一句，拉几句家常话。哪怕遇到一个陌生人，也会问一句："你找谁?"这里的人怎么跟村里人不一样呢?!

她独自在小区里的小路上走了好几圈，感觉腿有点发酸，便倚在小区凉亭的柱子边，靠着靠着就迷糊了。她看见宝根笑着向她跑来，在她身边半蹲着，扬起头，满眼喜悦地说他发财了，买了三层的别墅，现在就接她过去住。他顺手指着小区门前一辆黑色的轿车说，那是他做生意赚钱买的新车，值好几百万，坐上可舒服了。"你不是想回山东老家一趟吗？我亲自开车陪你去，最好把巧玲姑姑也带上，你说好不好?"她听着听着，心里高兴便笑出声来。一张嘴，凉风钻进嗓子里，她连着咳嗽了好几声。此时她才发现，刚才靠在柱子上睡着了。

"瞧瞧，我这个傻老婆子，大白天做了这么一个梦!"她一看蛋黄似的太阳都偏西了。她揉揉干涩的眼睛，扭动了几下酸痛的脖颈，这个点回去家里也没人，不如到小区门前转转。

韩雪随意走进小区门前一家玉石店。一个中年男人正在对柜台前一名中年妇女的手镯进行鉴定。她好奇地凑过去看，中年男人说这是上好的和田羊脂玉手镯,价值近百万元。

韩雪目瞪口呆地看着那中年男人,不由自主地伸出舌头,倒吸了一口气,用手捏了捏耳朵,她以为自己听错了。

凭直觉韩雪觉得中年男人手里的那只手镯没有自己手腕上的手镯品质好。它值那么多钱,自己的手镯就更值钱了。这么一想,她心里一下慌乱起来:这是真的吗？自己的手镯也能值那么多钱！老天爷呀！种一年地才能挣几个钱？真是吓死人了！

几分钟后,她渐渐从那种不可思议的遐想中生出了一个打算,如果自己的手镯真值那么多钱,卖了它,不是就有买房子的钱了吗?

回到女儿家里,已经八点了,巧玲已下班回家。问她去哪里了,她说就在小区院子里和门前转了转。

等吃完晚饭,韩雪说出了自己的想法,让巧玲带她去玉石鉴定中心鉴定一下手镯。巧玲的意思是让她就住自己这里算了,手镯留着自己戴,别卖了。

韩雪急了,说再住下去,只有去医院了。巧玲知道宝根的事情对她打击挺大,她如今唯一的心愿就是想回乡下去过几天舒坦的日子,那就随她好了。孝顺不就是要顺着她吗,她开心比什么都好。

第二天早晨,巧玲向单位请了半天假,带着韩雪到玉石鉴定中心做手镯鉴定。工作人员说鉴定方法很多,有肉眼鉴定法、矿物鉴定法、化学鉴定法,为了保证鉴定结果准确,检测结果要一周以后出来。为了让母亲放心,巧玲从包里掏出钱夹子交了鉴定费。她们回家等电话。

几天后,巧玲拿到了鉴定书,上面赫然打印着:和田羊脂玉手镯。韩雪看了结果很高兴，手舞足蹈如同孩子。自己从一贫如洗的农妇，一眨眼工夫就成了百万富翁。这怎么跟演电影似的。喜悦归喜悦，她却改变主意，不想卖镯子了，打算租住在马寿家。

马寿说乡里乡亲的，只要房子不拆，你就住着，租金看着给。韩雪很高兴，把小黄狗也抱了回去，又养了几只鸡鸭，在院子里种了几样蔬菜。她每天收拾完屋子，遛完狗，就拿个小板凳坐在门边，看过往的人。打个招呼，说几句话，一晃就一天过去了。

这天，马寿端了盆红色的桑叶牡丹走到院门旁，把花放在韩雪小板凳旁，自己也蹲下身子，看了一眼卧在韩雪脚边的小黄狗，说："我去省城花卉市场给老伴买花时，遇到宝根了，闲聊了几句。你给的那些钱都被他做传销花光了。传销组织都是嫌贫爱富，他没钱，又拉不进新人，人家就不要他了，他只好灰溜溜地回来了。他不好意思来见你，现在在一家花卉公司打工，一个月工资才一千五百元。"

韩雪低头看着盛开的桑叶牡丹花，感觉这不是一盆花，而是一盆鲜红鲜红的血，而且还是带着温度的血，这血就是从她的血管里流出来的。韩雪细心地将掩藏在绿叶中一片发黄的叶子干脆利落地摘下来，在手心里狠狠地揉搓了几下，说："这就是他的命，活该！"

9

韩雪被撞的那天，刚好下着一场秋雨，她打算去河那边串串门，这些日子她心里总感觉憋闷，不由自主总是唉声叹气。时不时眼前还出现一种幻影，都是些稀奇古怪的东西。她闹不清楚这是咋回事，想去找人聊聊。

自从村里的那条公路拓宽后，常发生孩子被撞、狗被撞、羊被撞的事情。以前路窄，发生事故可以理解，就五米来宽的路，人要走，车要行，的确拥挤。可如今拓宽了好几倍，怎么还发生事故呢？韩雪还是没有想明白。

雨，不算大，但已下了半天了，空气湿漉漉的，看远处也雾蒙蒙的，这样的天气容易影响人的心情。韩雪撑着一把旧伞，过马路时，她特意左右张望了一下。她在巧玲家住的那段时间，每次出门，巧玲都像叮嘱自己的孩子一样，让她过马路要养成左右看的习惯：如今车子多，速度也快，别指望着车子会让你，虽然开车的人是长眼睛的。

韩雪先是向左边张望了一下，扭头又看了一眼右边，一辆车的影子都没有。她迈着步子放心地走着，心想，巧玲的嘱咐有些多余，自己这么大的人，难道连个马路也不会过？真是笑话。想着，她摇摇头。就在摇头的一瞬间，她忽然听到了三轮摩托的声音。

乡村通往马路的岔口很多，这三轮摩托车从哪个口上路的，她不知道。她下意识地站在了原地，想等三轮摩托车过去再过马路。可那辆三轮摩托车却呼啸着朝她而来。她傻眼了，不等反应过来，便什么也不知道了。

巧玲到医院时，韩雪已经被送进了手术室，说是一个男人将她送来就走了。从医院的监控里看，她不认识这个人。

韩雪昏迷了一周后，人渐渐有了意识，因仍在危险期，一直在重症监护室。又过了一周，医生通知巧玲，韩雪的情况不乐观，同意她来看看。

韩雪躺在病床上。此时她满脑子想着一个人，那就是她的宝根。她放不下他，虽然他那么混账，甚至有些不仁不义。可她心里巴望着他上了大学有了文化就明事理了，可谁知他却愣头愣脑地去参加什么传销，几百万的钱，就白白让人骗去了。他是不知道社会这潭水的深浅呀！赚钱要是那么容易，这世上就没有穷人了。这浑小子，一点好话都听不进去呀。年少轻狂，如今栽跟头了吧！这样也好，让他知道，人活一辈子，有许多陷阱，一不小心就掉进去了。这是要他反思反省呀！才二十二岁，以后的路长着呢，要迷途知返呀！

傻小子，我已经不生你的气了，你没爹没妈，是我唯一的孙子，我想你从哪里跌倒就从哪里爬起来，踏踏实实地干点事，好好过日子。我再没什么奢望了！

渐渐地，韩雪的眼角渗出一行稀薄的泪来，不是她没有眼泪，而是几日来，每次想到宝根她都流泪，泪腺近乎枯竭了。

阳光穿过窗玻璃弥漫在病房里，也洒在韩雪身上，她感觉阳光给她的身体注入了一股劲，她想坐起来，甚至想掀开被子，下床走两圈。但她知道，自己根本无法挪动与床几乎粘连在一起的身子。她使出浑身的力气，睁开那双曾经乌黑明亮的眼睛，此时双眼已浑浊不清，干涩酸痛。她知道女儿巧玲就在床边，她想再看看女儿。她怀着女儿的时候，邻居们都说是儿子，她也希望是个儿子，多个儿子多个劳力，日子就好过些。谁知生下来是个丫头。那时心里曾暗自埋怨过自己不争气的肚子。可又一想，丫头就丫头吧。别说这丫头从小到大，一点不让人操心，大学毕业进城工作，在村里算是挺有出息的。她有孩子时，自己也没有帮着带过，原因是宝根上学，实在没有精力。外孙每次来家里，不肯多待一会，总嚷嚷着回奶奶家。这不怪巧玲，也不能怪孙子。孩子就是谁带的跟谁亲。家里的大事小事巧玲没少操心，有时候也感觉挺对不住她。可谁让她是女儿呢。

巧玲进重症监护室看到母亲时，身子猛地被什么抽了一下似的，不由得哆嗦了一下，怎么十几天的工夫人就变了样子？巧玲努力克制着自己的情绪，伸出双手轻轻握着母亲的手，感觉这不是母亲的手，而是自家院门外那块青石，冰凉彻骨。母亲曾经不让她坐在那块青石上，说会受凉。她又摸摸母亲的额头，倒是有那么一丝余温。她把脸贴在母亲的脸颊上，眼泪扑簌簌滴落在母亲的脸上。她赶紧用袖子擦拭了一下脸上的泪水，用手轻轻抚摸了一下母亲的脸。煞白的脸，没有了一丝血色，两腮也陷了进去，这哪里是曾经面如满月的母亲的脸！她鼻子发酸，抽出纸巾擦了一下。

韩雪的手动了动，巧玲知道她想说话，身子前移，把耳朵贴在母亲嘴边。

“把我的手镯交给宝根，他用得着。”韩雪用微弱的声音说。

韩雪迷离的眼睛半睁了几下，并没有完全睁开，似乎睁眼是非常费劲的事情，而她根本没有这样的力气，无奈而忧伤地又闭上了。她仿佛看见了在那座摇摇晃晃的木桥上，胖乎乎的宝根正朝站在桥头的她跑来，他笑得那么天真可爱。她张开双臂，准备拥抱奔向她怀里的宝根。可就在几米远的地方，宝根趴在了桥面上，号啕大哭，一个劲地向她呼喊着：“奶奶救我，奶奶救我。”

老 铁

“这屄人，把人当猴耍了，说好来的，菜都上了桌子，又说不来了。”老铁腾地从酒店的欧式皮沙发上蹦了起来，唾沫从嘴角喷出又飞溅在脸上。他没有擦拭的意思，望着满满一桌花花绿绿的菜肴，双眼愤怒地瞪了瞪，似乎这些菜，跟他有什么深仇大恨。

事情没办成，老铁把自己喝高了。

老铁微醉地回了家。没脱鞋子，瘫软在沙发里。怎么才能把这批旧设备拿到手里呢？

老铁顺手从茶几上摸到遥控器，打开电视。县电视台正重播《劳动者明星》，本期播放的内容是宣传老铁多年热心公益，为敬老院做慈善的事情。上周就播过，本周是重播。自己干的事情，有啥看的，换台。老铁右手拇指一按，换到了省台一套。正在播放一档鉴宝节目。老铁的眼睛像抹了胶水似的，使劲往一块粘。这些天夜夜难熬，加之刚才喝了点酒，原本紧张的神经，如风筝断了线，彻底放松了。

一位头发花白的专家在对一尊铜佛进行鉴定。老铁眼前一亮，这尊佛咋跟自己收的那尊佛一模一样？他半信半疑，身子挪动了一下，挤挤眼睛，不禁用手狠狠地掐了一下自己的大腿。放射状的疼痛感，让他顿时睡意全无。

专家给的结论：明代镏金铜佛，价值二十万元左右，这是保守估价，还有升值空间。

这句话让老铁的心狂跳不止，就要从嗓子眼里蹦出来了。

老铁的鞋，不听话地钻到沙发下面了，他顾不得去穿，翻身从沙发上爬起来，慌忙抓住了沙发扶手，定了定神，他要好好看看那尊佛。

老铁嘴里嘟囔着："舍不得孩子套不着狼。"他粗略地估算了一下，要是这批设备拿到手，仅卖机器配件，至少能赚七八十万元，还不包括废铁、废钢、废铜的收入。如此丰厚的利润，不放点血，事是办不成的。

走进卧室后的老铁屈膝在地，"嘭、嘭、嘭"，朝着组合柜里的佛像磕了三个响头。他双手合十，嘴里默默念叨一番后，轻轻把佛像抱在怀里，又拿毛巾把佛像身上的尘土擦拭了一番。

老铁原本想，这尊佛，顶多算是件工艺品，算不得啥宝贝。当初他是按废铜的价格收来的。

二十世纪九十年代初，每公斤废铜也就一块多钱。那尊佛像不过几百克，照理来说，几块钱就打住了。

卖铜佛的人说，家里有急事，等钱用。老铁没有多想，给了二十元钱。从生意人的角度来说，肯定是亏了。当时，老铁不富裕，房子还没买，租住在城郊一处破旧的院子里。

后来老铁搬家，把这尊佛像放在卧室的组合柜里，再没动过。

老铁看着佛像，有种预感，这是一尊不同凡响的佛像。

老铁期待这尊佛像，让他起死回生还上银行的贷款。欠亲朋好友的钱,他可以央求人家宽限些日子,怎么都好说。可这银行的钱不还是要坐牢的。那滋味,可不好受。没经历过的人,万万体会不到。可要命的是老铁曾在监狱里待过一年。

那些年,作为“破烂王”的老铁,天天跟废铜烂铁打交道。作为一个生意人,只要是挣钱的买卖他都干。不干是傻瓜,哪有跟钱有仇的道理。

两个小年轻,拉了一三轮车电缆卖给了老铁。没出三天,警察找到门上了,在老铁院子里找到了那些被视为罪证的电缆。

最后的结果是,老铁在监狱里待了一年。当时老铁不到四十岁。等出来的时候,用雪珍的话说,人变了一个样子。

一年到底能发生什么事情,谁也说不清楚。平常人过平常的日子,这一年跟下一年是没有什么区别的。日出日落,寒来暑往。也许女人们会在日子流失中在意自己眼角的鱼尾纹是不是深了一点;孩子们总希望自己长高一点,用身高来证明自己的长大,好有更多与大人们“分庭抗礼”的资本。

对老铁来说,这一年,比他前三十九年的日子总和还要漫长。

岌岌可危的婚姻,因为老铁入狱而宣告破裂。

刚开张那年,半夜来了个小偷。老铁耳朵很贼,院子稍有响动,就听到了。他只穿着裤衩背心,光脚飞奔出门,不容分说,朝着黑影就是一顿流星拳。小偷抱头跪在地上求饶。看到小偷是个十五六岁的半大小子,可怜兮兮的样子,他被愤怒胀大的拳头,五指一松,又渐渐软了。

“年轻人干点啥不行,偏偏干这勾当。下次再来,让你脑壳开花!”老铁说。

小偷抱着老铁的脚脖子，一个劲求饶，看他拳头没有再落下来，知道命是保住了。

“滚。”老铁一甩手说。

小偷捂着脸，跑了。可老铁的心却翻江倒海，不得安宁。

初中没毕业的他，去打工，他初生牛犊不怕虎，不知道社会的深浅。一连半个月都没有找到事做，身上的百十元钱花完了。看着大街上人群熙熙攘攘，却没有他落脚的地方。天还不算太冷，他在医院的过道里待了两夜。可看门的老汉死活不让他再待了，说被领导发现饭碗就没了。

不仅是没地方睡觉，关键是他已经两天没有吃东西了。刚才在医院卫生间，他喝了一肚子的自来水。出了医院，他不知道去哪里。抬头看看天空，灰蒙蒙的。他记得乡下的夜晚天空是鲜亮的，无数的跟他的眼睛一样明亮的星星，点镶在天空，感觉一抬手就能摘到它们。他也常常跟这些在他看来有灵性的星星们拉呱拉呱，高兴的、烦心的事都有。每每此时，他就不感到孤单。他甚至在这样的夜晚，会忘记吃饭，在小路奔跑撒欢。

空虚和无聊是一对孪生兄弟，在老铁混沌不清的年少岁月里，不请自来。从最初卷干枯树叶抽，到背着家人偷偷买根烟，这具体是什么时间，早记不清楚了。

房后堆放着玉米秆、麦草，家里人打算借点钱，买头牛，或者几只羊，这差事就是给他找的。把这些头年剩下的玉米秆和麦草当饲料。

在农村，一个初中毕业的娃娃能干啥呢？就只有种地的份儿。他家是从老家搬来的，那时地都分完了。母亲和继父靠给人帮工挣钱养家。如果他有个结实的身板，可以去工地当小工，一天也能挣几十元,可他黑瘦弱小的身体,常被人拿来取笑。没有好身体,哪个包工头肯用他。

那时,他心里想去更远的地方看看,难道让一头牛、几只羊就拴住了自己的人生吗?虽然他书没读好,可心里有自己的想法。

三伏天的晚上,一个人靠在麦草垛里,边跟星星们拉呱,边点上了烟。其实他一点也没有觉出这烟有什么好吸的。只吸了一半,他就把烟头扔了出去。此时,天空划过一道彗星,急促得像是有什么急事似的。今天它是咋啦,难道它后面跟着妖怪了吗?太滑稽了,星星咋会怕妖怪呢?

他漫无边际地这么胡思乱想着,忽然闻到了烟味。这种烟味不是香烟的味道,而是干草燃烧的味道。他熟悉这种味,每天生炉子,天天闻。可炉膛的火早就灭了。不等他多想,身体右侧的火苗就已蹿起老高。

罪魁祸首是那根他吸了一半的烟头。人在火这个魔兽面前是无能为力的。就是报了119,离县城近百公里,也救不了急。最后的代价是家里的两间房子烧得只剩下了墙圈子。不幸中的万幸是没有伤及人。

比凶恶的语言更具杀伤力的是那种怨恨的眼神,让他无地自容。

邻居华生主动将他们一家安置在自家闲置的两间屋子里,拍了拍老铁还有些稚嫩的肩膀,对他继父说:“事情已经这样了,说啥都是闲的。先住着,老屋子的椽子都腐朽了。过几天,我从工地上抽几个人来,帮你们把房子重新翻建一下。”

“盖房的钱哪儿来?”继父拉着一条瘸腿,摘下那顶已经发白的蓝帽子，在大腿上拍打着说。

“两间房，花不了几个钱。”华生说完，转身上了他那辆新买的红色桑塔纳轿车。

华生就在他家前院住，比他大十来岁，常年在外包工程。这次回来是给他娘过三周年的。

有钱就是好，很快两间砖房盖好了。六十多平方米，足够一家三口人住了。出嫁的姐姐是用不着占一间房子的。

继父一个劲地搓着手，不知道咋还这笔钱，虽说华生说让他家住着，可毕竟花了钱。不仅是继父，他心里也感觉亏欠华生的情。

搬进新家第三天，他就撂下一句话出门了：“这辈子挣不到钱，就不进这个家门。”

谁也没有逼着他说这话，谁也没有撵他走。可他感到一种从未有过的压抑，胸膛里憋闷得慌。他就不信，华生是男人，他就不是男人。人家能挣钱发家，他就不能。华生有力气，他也有。他得出去闯一闯，一定得混出个人样子来。

日子是不管你发生了什么事情，照旧过。

比他小一轮的妻子英子拿着家里的积蓄，跟人私奔了。

出狱后的老铁，重操旧业，没几年就发迹起来。买了楼房，买了轿车，存款一年比一年多。

一次，他路过福人敬老院。进去看了一下，十几个老人散坐在大厅里，一台旧式电视，屏幕闪着雪花。他心想自己从小没爹，娘又去世了。说白了，如今他就是孤儿一个。看到老人们，想起自己的父母，老铁心里顿时酸溜溜的。

第二天，老铁买了一台大电视，送到敬老院。看到老人们围坐在新电视前，一个个高兴地笑着，他心里也乐了。

老铁刚出院门时，一辆黑色轿车停在院子中央，从里面下来两个男人，一个拄着拐杖，一个戴着眼镜。

老铁心想，儿子不养老子，送到敬老院来，这算什么事？如今的世道是不一样。他摇摇头。

敬老院急需人手。邻居雪珍独自一个人拉扯着孩子，现在孩子上了大学，她一个人没有啥事。老铁介绍她来做护理员，吃住都管，一个月的收入足够她花销了。

电视里说，东南亚发生金融危机了。老铁捏了一颗油炸花生米放进嘴里，又端起一杯老烧酒，一口喝下。心想，那么远的事情，跟他一毛钱的关系也没有。他只想把自己的生意做好。

可他哪里会想到，这场看似遥远的危机，如西伯利亚南下的冷空气一样，实实在在影响到了他。

先是收购的价格总赶不上出售的价格，尤其是占生意八九成的废铁行情，更是坐上了过山车。一笔买卖就赔进去他几年的盈余。

必须想法子扭转局面。

天下的事情，早有安排。在老铁一筹莫展时，华生找到他，说如今最保险又赚钱的行当就是投资公司，并拍着胸脯说，把钱放在他的公司，就跟进了保险箱一样，稳赚不赔。

从生意人的角度看，买卖肯定有赚有赔。但自己跟华生比，的确不如人家。就凭华生的人品，一定错不了，不如先投一点试一试。

把仅有的那点存款投了进去，一连几个月，高额利息按时入账。与他整日蹲在废品站那点收入相比,真是好太多了。关键是这买卖只进不出。

进账的利息比蜜都甜。他听从了华生的建议,将房子、院子、车子统统抵押出去贷款,投进了华生的公司,也体会一下日进斗金的感觉。他还想,这次翻身后,一定得把当年华生给自家盖房子的钱还上。欠的人情迟早得还。每次想到这事,除了感激,便是歉意。

也就在他眼巴巴盼着更多收益流进账户的时候,钱没等来,却等来了公安局的传讯,说他涉嫌非法集资,让他接受调查。这是后话。

这天,老铁起了个大早,洗了澡,刮了胡子,换了身干净衣服,把佛像恭恭敬敬地放进黄色金丝绒的盒子里,装进暗红色的袋子里,抱在怀里,出了门,直奔机械厂秦厂长家。

丰泽轩小区7号楼7单元顶楼,左首是秦厂长家。这是老铁费尽周折搞到的地址。

老铁虽没啥文化,在行里摸爬滚打这些年,对于打点关系,他都会做足功课,对症下药。经验告诉他,这样更容易事半功倍。每次处理这样的事情时,他像是走亲戚串邻居似的,神情自若,真诚恳切,没有忸怩虚伪的作态,让接受者很坦然,不觉得难为情,甚至感觉是情理之中的事。

老铁站在秦厂长家门口,红色的门铃被他按下,响了第三声时,就有人问:“谁呀?”

一个三十出头的女人,笑容可掬地站在门口。不用说这是秦厂长夫人了。

自报家门后,女人招呼老铁进了屋。

“你来得可真不巧,老秦去游泳了,大概两个小时后回来。”

“没啥要紧的事,我知道秦厂长是个热心肠,特意请了一尊佛,希望保佑您全家平平安安、健健康康!”说这话时,老铁眼里很平静,语气也很平和,一点都没有虚假的意味。

女人接过袋子,放在桌边柜上,顺手拿了一罐饮料递给老铁说:“大热天,喝罐饮料。”

老铁接过来,心想说不定能从女人这里获得更多的消息。这么一想,便坐在了沙发上。

沙发转角处一张小圆桌,桌上除了一部电话,还有一个相框,是秦厂长一家三口,似乎是在某地度假时照的。

老铁多望了那照片几眼,心里酸溜溜的。小圆桌上的电话响了。

女人不慌不忙地接起电话。电话那头是个女人的声音,像是找秦厂长的。老铁隐隐感觉是蔡霞的声音。蔡霞人称“铁娘子”,虽已中年,可风韵不减。作为同行里唯一的女性,她有她的本事。从以往的经验来看,只要“铁娘子”出马的生意,那是十拿九稳。

声音相似的人也不少,没准是其他什么人吧。老铁又不能确定。不管咋说,这么一大笔生意,谁不动心呢?自己都在行动,人家咋会闲着呢。

老铁感到有一场不安的风暴在内心深处翻腾起来,再也坐不住了,起身告辞。

女人客气一番后说,一定让老秦给他回电话。

老铁给秦厂长拨了一个电话,提示音是:您所拨打的电话已关机,请稍后再拨。

进入三伏天后，火辣辣的太阳快把大地烤焦了。老铁神情有些木然，毫无音讯的煎熬，比伏天的太阳还歹毒，沮丧渐渐演变成了失望。

老铁有些恍惚，甩着那只残疾胳膊，整个人如放了气的皮球，无精打采漫无目的地走着，走到哪里了，他也不清楚。只见不远处有个女人，迎面朝他走来，从身高、步态来看，似乎有些眼熟，可一时想不起来。

女人越走越近，笑吟吟地跟他打招呼："老铁哥，有些日子不见，生啥病了吧，咋瘦成这样了？"

"雪珍。"老铁下意识地喊了一声。

"没病，这不好好的吗。"老铁目光游离到雪珍视线之外说。

昨晚老铁心里还念叨着雪珍，这个比自己小一岁的女人，没前妻英子漂亮，可那种知冷知热体贴细致的关照，让他夜里常常想起。他也想过跟雪珍搭伙过剩下的半生。可他心里也在犹豫，他跟雪珍过没有问题，可她的儿子是啥态度，他不清楚。况且眼下生意惨淡，也没这个心思。脑子乱哄哄的，失眠一夜。谁想今天就碰上了。

雪珍眼里闪过一道暖热的、温柔的光芒。

老铁感受到了那光芒的温度，可他不敢去接，手足无措地挠了挠头，只是跟着雪珍走，一声不吭。

"快到敬老院了，进来喝口水，我擀了面条，就等下锅了。"雪珍依旧笑盈盈地说。

雪珍说话时总是笑盈盈的。老铁喜欢听她说话，觉得每句话都好听。不光好听，还让人心里舒坦，就好比吃了雪珍擀的面条一样。

老铁肚子早饿了，一想到雪珍擀的爽滑劲道的面条，肚子“咕噜咕噜”叫得更欢实了。

老铁的胃不好，喜欢吃软和的面食。平时只要有空，他就喜欢来敬老院吃雪珍擀的面条，汤汤水水，连吃带喝就是两大碗，老胃病也好了许多。

老铁忽然感觉脖颈后被啥东西扎了一下，他抬手一巴掌，是只蜜蜂。

蜜蜂这么一蜇，把恍惚中的老铁蜇清醒了。

啊，到敬老院了吗？老铁猛地停住脚步。

咋能进去，自己答应雪珍给敬老院重新换台锅炉，让房子暖和些，让澡堂热乎些。

敬老院那点可怜的经费，将就够吃饭，其他啥事都干不了。去年冬天，老人们隔三岔五就冻感冒，雪珍忙得团团转。老铁看着心疼得很。

如今卡上一分钱都没有，无法兑现承诺，咋好意思去吃面条，更觉没脸面见老人们。

“老铁哥，傻站着干啥，到门口了，进去跟老人们拉拉呱，都念着你呢。”雪珍话语很坚定，似乎没有一点商量的余地。

老铁顿了一下，似乎看到一双双熟悉的眼睛，都注视着他，那是期待、疑问、温和、慈祥的目光。他把老人们视为自己的父母一般，此刻他不知跟老人拉啥话。平日里说东道西，张口就来，这时候他哑巴了，一个字也说不出来。

老铁咽了一口唾沫，伸了伸脖子，耸了耸残疾胳膊那边的肩，耷拉着脑袋，两只眼睛怯生生地缩进低垂的眼帘下，叹了一口气说：“约了人说事，改天再来看老人们。”说完急匆匆地走了。

老铁回到家，屁股没把椅子坐热，警察就找上门来，说配合调查华生涉嫌非法集资的事。老铁一肚子冤屈没地方诉说。到了公安局把自己如何由华生介绍参与投资的事情，一五一十地说了一遍，在材料上按了红指印，签了名字。临走时，警察交代，让他手机保持畅通，随时会联系他。

老铁看一眼猩红的手指，狠狠地抓住衣襟。他想不明白一个已经富足的华生，在乡亲们眼里是好人的华生，为啥会干这样的事。到了公安局老铁才知道，他是华生上百个入股人之一。

按说华生不差钱，为啥还为一个“钱”字，走上这条路？老铁越想越怕。

不行，无论如何都得想法子，把银行贷款还上。

此后几天，老铁拨打秦厂长的手机，总是通话中。

不会是把自己的电话拉进黑名单了吧？他心里嘀咕。俗话说，拿人手短。自己把那么贵重的物件送给他了，他就一点没反应。难道真的就吃黑了？

老铁急得嘴里全是泡，可还是不甘心，总不能坐以待毙呀。他犹豫再三，拨通秦厂长办公室的电话。

电话铃声响了好久，一直没人接。周一上班的呀，咋回事？老铁看着手机，傻愣愣地呆立着，跟石雕一般。

老铁胸口发闷。天气阴沉沉的，预报有雨，可始终没有下，闷热的天气，像个大蒸笼似的，更憋得他喘不过气来。接着连咳了好几下，眼泪从眼眶里涌了出来。

放下手机，老铁从来没像眼下这么心寒过，像是三九天，把他全身扒了个精光，又把他扔进河里，彻头彻尾地冰冷刺骨。

还银行贷款的日子一天天临近了，老铁心里也越来越乱，比一团乱麻还乱，找不到头绪。

老铁脑际忽然闪现了死的念头，真拿不下这笔生意，就是死路一条。

不想再给秦厂长打电话了。老铁想明白了，对方不回电话，打了也没用，还让人家烦。如果生意给自己，自然会打电话来的。

不想了，去看看老人们吧，这段日子忙生意的事情，也没顾上。他心里惦记着老人，自然也惦记着雪珍。

老铁站在卫生间的镜子前，拿出剃须刀准备刮胡子。他端详镜子里的自己，吓了一跳，咋瘦成这个样了，下巴上的肉都掉了下来，跟鸡嗉子似的，一双灰暗无神的眼睛也陷进眼窝里，跟鬼怪故事里幽灵的样子差不多，这副模样会不会吓着老人们？会不会吓着雪珍呢？

算了，还是不去了，过几天再去吧。这副泼烦样子实在没法见人。老铁边刮边想。

一阵“嗡嗡”的振动声，从玻璃茶几上传来。老铁忙拿起手机。

“老铁吗？”手机里传出一个男人洪亮的声音。老铁耳朵尖得很，一听就听出来了，这是秦厂长的声音，声音亮堂得很。

“我是老秦，有空请到我办公室来一下。”

“好、好、好，马上就去。”老铁激动得一连串蹦出几个“好”。

挂了电话，老铁慌忙穿上鞋子出了门。

第一次进入机械厂办公区的老铁，走进明亮简洁的接待室。接待室除一面墙上宽大的窗户外，三面都是玻璃墙，通透敞亮，让人很舒服。人心里舒服，情绪就放松了，来时那种慌乱紧张的情绪不见了。

老铁没有马上坐下，而是走到窗前，看着窗外飞驰的车流打发等待的时间。

此时，一个人从透明的玻璃前闪过。光头、圆脸、短脖子、蒜头鼻子，这不是老周吗？老铁惊愕地紧盯着移动的身影。老周似乎并没有发现他，边回头边摆手，显然是在跟人告辞的样子。

老铁脑际迅速闪现出一连串的问号。他啥时候来的？他比我还早？难道秦厂长也通知老周了？那通知我来干啥？

问号好似小钢炮，直射向老铁，他顿时就呆了。他看到老周脸上堆着笑，有些得意的样子。老铁傻眼了，感觉自己上当受骗了，悲伤、愤怒的情绪一股脑涌上来，他攥紧拳头，想狠狠地砸过去。可他又不知砸向谁。

老铁气急败坏，正不知该咋办时，一位年轻女同志请他去见秦厂长。

“老铁，坐吧。”秦厂长招呼老铁的同时，起身拿了纸杯，给他倒了杯茶水。

老铁感觉面前这个人好像在哪里见过，尤其他侧身去倒水时的一刹那。这个侧影又在他眼前回放了一遍。到底是在哪里？老铁在心里追问着。

秦厂长微笑地看了一眼老铁，说：“你不认识我，我可知道你。几年前，我送表舅去敬老院，我们下车，你刚走。我听表舅说过你。”

老铁眼前一亮，想起来了。那天他还以为是儿子把父亲送到敬老院里来了。

“表舅孤身一人，城里的房子住不习惯，想在敬老院有人说话。老人只要高兴,我们就随他了。”

“后来我去省城工作,回来得少。虽然那次没有见到你,但在电视、报纸上看到你的报道。前几天,县电视台《劳动者明星》栏目播了你的事迹,我认真地看了。你虽不是行业中的领头雁,却常年坚持关爱敬老院里的老人们,让人敬佩呀!”

“也没干啥,记者夸大了。”老铁说。他坐在椅子上,如坐针毡。那只残疾的胳膊垂在身体一侧,他不知把手是放在腿上,还是放在兜里,显得不知所措。

“干一件好事容易,坚持多年做好事就不简单了。”秦厂长用赞许的语气说。

老铁有点不好意思,低下头,说:“过奖了。”

不等秦厂长再说话,办公桌上的座机响了。

一个女人的声音,大嗓门。老铁耳朵很灵的,听到电话里女人自我介绍是蔡霞。

秦厂长看了老铁一眼,把身体微微侧了一下。这个细小的举动,让老铁证实自己的判断是正确的。

之前在秦厂长家,就听到一个女人打的电话,虽然是女的声音,因为离得远点,听得并不清楚。现在他离秦厂长的办公桌不过两米,听得清楚得很。难道蔡霞跟秦厂长家是亲戚或很熟?不然怎么家里和办公室电话都知道。这秦厂长上任可是没有几天的事。

刚刚放松的心,此刻又被那根电话线提起来,横七竖八地收紧了。

论关系,自己没有老周硬;论门道,自己没有蔡霞多。还有其他神通的能人。自己啥都不是,哪能竞争过这些人?看来,自己只是一个陪衬呀！

老铁觉得有一只无形的手捶打着他的胸膛。辛酸的过往，像潮水一样滚滚涌来，淹没了他，也淹没了世界。这一切包裹在他拳头大的心脏里，只有他自己能体会。

老铁脸色黑青，微闭着眼睛，咬紧牙齿，嗓子发出“咝咝”声，长长地叹出一口气。

“老铁，是不是哪里不舒服，怎么脸色不对？”秦厂长放下电话，关切地问了一句。

“没啥，好着呢。”老铁嘴角抽搐了一下，低声说。

“对了，老铁，上次你请客，刚好赶上表舅的生日，把老人接回家过生日，一高兴，多喝了几杯，给你打电话晚了点，你别往心里去。”秦厂长说完端起水杯，慢慢地喝了几口。杯子在手里停留了一下，又轻轻放回原处。

几秒钟，谁都没有说话，空气凝固了似的。老铁的手在微微发抖，险些将纸杯里的茶水洒在地上。

秦厂长并没有注意到老铁的这一变化，忽然像是想起什么似的说：“把你请来，是想给你说说旧设备处理的事。我们商量后决定分批给你，这是起草的合同，你看看，如果同意，到财务科去办手续。”

说着，秦厂长递给老铁一份合同文本。

老铁不敢相信自己的耳朵，以为听错了，猛地站起身来，茶水洒在衣襟上。他慌忙放下纸杯，伸手接过合同。

咋可能是自己呢？难道是佛像显灵了？老铁双腿有些哆嗦，嗓子半天发不出丁点声响。

只见秦厂长弯腰从桌子下面提出一个暗红色袋子，放在桌子上。老铁认识，这是他之前送到秦厂长家的。老铁脸红了。

“你的美意，我心领了，东西拿回去吧。希望你生意好了，能继续坚持为敬老院做公益，这才是送给我的最好的礼物。”

瞬间，老铁的眼眶湿润了，就像久旱的大地，下了一场大雨似的……

残 荷

1

民警翻阅着资料。方琪的双腿有些哆嗦,手冰凉冰凉的,脚也僵硬了,像是冬天的柿子。她不晓得民警会问什么,她更不知该如何回答。此时,她像一只关进笼子里的小鸟,六神无主。

她将身子往前移动了一下,双手来回揉搓着,想让手热一点,也想让心绪平静些,好应对民警的提问。

民警用冷峻的目光打量了方琪一番,让她拿出身份证。她慌张地找了半天,最后才从钱包里拿出来。慌乱的神情,像是被抓的小偷似的。

民警看过身份证后说,几个月前她发邮件给派出所报案的事有着落了。那个自称"廊桥遗梦"的人,在某市因涉嫌诈骗已被抓获,现在需要她提供被骗财物的凭证及其他资料。

方琪一听,才恍然想起,确有其事。可过去几个月了,没了音讯,她以为石沉大海了。她深深呼吸了一下。

2

半年前，方琪抱着试一试的心态，在某婚恋网站注册后成为会员，想通过网络找到另一半。

上传照片时，方琪选了张在三亚海边的照片。熙熙攘攘的人群里，她柔和、优雅、古典的气质，像一缕清风，很是吸引人。

上传完信息后，方琪就出差了。半个月后查看信息，已有十几位男士留言，希望深入了解。还有几位直截了当地说，约个时间见见面。

方琪欣喜。在一番挑选后，她决定跟一个网名叫“时间在飞”的人见面。

私聊中，方琪得知，他比她大三岁，是一家广告公司的高级策划师。

古河路是这座城市最浪漫的地方，各色餐厅酒吧云集。约会地点是一家咖啡馆。下午四点，三号桌见。

方琪提早半个小时到了。她并没坐在三号桌，而是坐在三号桌斜对面的位置。她想先看看来人，再决定是否见面。拿定主意，她随意翻阅着时尚杂志。

差五分四点，从咖啡店门外走进一个人。方琪没抬头看，用余光扫了一眼。一个谢顶的男人，鼻梁上架着一副眼镜，背有些驼，身着草绿色休闲装。她想是喝咖啡的顾客，就没太在意，继续看着杂志。但她感觉那人朝三号桌走去了。她借着翻杂志的空当，抬头扫了一眼。只见那人走到三号桌前，抬起左手，看了看手腕上的表，便坐在椅子上。那人不经意地朝她这个方向瞥了一眼，她赶紧把杂志举高一些，挡住自己的脸。

方琪心里“咯噔”一下，怎么是这么个男人。即便自己年龄有些大，也不能找个大叔回家呀！即便是大叔，也该是个看过眼的人吧，就这相貌，吓人一跳。之前的美好期待，顿时化为乌有。

之后的日子里，方琪对网络相亲有些失望了，可听说公司里一个与她年龄相仿的同事，就在网上找到了合适的男士，并进入到谈婚论嫁的阶段，她又动心了。之前没遇到好的，不能说未来遇不到，不妨再试一试。也许下一个就是自己想找的人，谁也说不准。她又开始在婚恋网上寻觅着。

这次，方琪不像上次那样急切地见面，而是通过不断的语音聊天、视频聊天彼此了解。

俩人在网上聊得很投机，方琪说完上一句话，他马上能说出下一句话。她感到，这人就像钻进她心里。不，是钻进她骨子里去了，她想什么他都知道。她甚至怀疑，他们前世就是一家，相识相知许久，只不过刚分开而已。

几个月后，方琪见到了网友“廊桥遗梦”。方琪做好打算：这个人如果跟照片上一样的精神帅气，如果彼此都感到合适的话，她会考虑结婚的。想到这，她觉得脸有些发烧，拿出小镜子一照，脸颊绯红，整个人焕发出一种明艳靓丽的光彩。这是她二十几岁时的状态。

“廊桥遗梦”是摄影师，确如照片上一样高大帅气。交谈中，他的风趣幽默给方琪留下很好的印象。两人共进了晚餐，并约定下个周末一起去看新上映的电影。

周末那天，“廊桥遗梦”给方琪买了一大包零食，都是她喜欢吃的。聊天时，她告诉他的，他都记在心里了。她边吃边看，吃完东西后，他把湿巾递给她，等她擦完手，又将口香糖塞进她手里。

他不说话，含情脉脉地看着她，她也温情地望着他。他把她的手拉过来，放在自己的手里。这是一双结实温暖的手。她浑身的血液流速加快，体温渐升，将原本涂抹在耳后、腋下和手腕上的香奈儿邂逅香水迅速蒸发，弥漫在空气中，形成一团淡淡的香气团。她被香气迷醉了，眼睛蒙蒙眬眬的，感觉自己的手背热乎乎的，有点湿润，低头一看，他正在亲吻她的手背。她慌忙将手抽了回来，有些羞涩地瞟了他一眼。

他抿着嘴唇，将胳膊伸开，搂着她的肩膀说："你的手跟你的人一样漂亮，有种说不出的性感，我很喜欢。"

方琪并没迎接他的目光，而是低头浅浅地笑了笑。那种浅笑如刚刚怒放的荷花，淡雅柔美。她感到自己的气息有了一种韵律，此时她就是一只在春天里飞翔的燕子。

回来的路上，方琪一直很兴奋，她预感幸福生活即将来临。

"廊桥遗梦"告诉方琪他要出去采风，一周后回来。

方琪每天都能收到他发来的微信，精美的摄影作品配着温馨的话语。这丝丝细语像是从太阳那里流淌来的，带着炙热的温度，让她体味到了爱情的浪漫。

这种浪漫在第三个清晨有了变化。他来信息说，相机镜头出现故障了。出门走得急，拿错了银行卡，这张卡上没钱，希望方琪能借点钱，去维修一下，并告诉了她一个银行卡号。她一听就急了，相机对摄影师来说是命根子。她没多想，匆匆到柜员机上转过去一万元钱，并发信息给他，先用，不够再打给他。

之后的几天，方琪继续收到信息。每次她都把信息看上好多遍，唯美的画面，隽永的文字。她暗自感叹，他真是艺术天才，不仅摄影水平高，且文采飞扬。短短的几行字，句句能抵达人心底，这种魔力让人无法抗拒。

内心的变化会投射在脸上。同事们都说，方琪这些天，不仅气色好，人也更有光彩了。她也发现自己比以前心情舒畅了，走路都更有精神了。

明天就是周末了，方琪盼着“廊桥遗梦”快点回来，并发去信息。很快对方就打来电话说，一个采风的同伴不慎从山上坠落，生命垂危，已送医院抢救。一时联系不上他的家人，希望她打点钱，等他回来就还给她。

危难之中，挺身而出，这个人真够朋友。同行的不止他一人，他却这么热心。怎能不让人感动！方琪又去柜员机上转出三万元钱。因为要陪住院的同伴，“廊桥遗梦”说要晚回来几天。她并没有多想，毕竟救人是大事。

接下来的几天里，“廊桥遗梦”以住院费不够为由，先后向方琪借了十八万元。

同事听说方琪给只见了两面的人借了这么多钱时，露出十分惊讶的表情，在她耳边小声提醒，当心上当受骗。

方琪感觉右眼皮跳了几下，原本平静如水的心，像是扔进去一个石头，泛起层层涟漪。她揉了揉眼睛，站在路边向天空望去。天空碧蓝如洗，没有一丝云，那种蓝，让人看不到边际。平时她看到这样的蓝天，总认为是深邃的，令她有些着迷。而今天看这天空，隐约有了不同。她不敢再多看，快步向前走去。

路过自动柜员机，方琪不知怎么停住脚步，朝里面张望了一下，玻璃屋里没人。她继续向前走。走着走着，她忽然想起该给

“廊桥遗梦”打个电话。拨第一个数字时，手不听使唤，颤抖了几下，居然把1拨成4了，她又删除，重新开始拨号。号码拨出去后，语音提示:您所拨打的电话已关机。她想，估计是没电了，也许稍晚些时候，他会打过来的，耐心等着吧。他这么一个热心的人，能想到别人，自然不会冷落了自己。想到这，她抬头径直向家走去。

一个晚上都没来电话。那一夜，方琪是在恍惚中度过的。她总惦记着他，生怕自己睡熟了，接不上电话，他会担心。平时她把手机放在桌子上，而今天放在了枕头边，只要铃声响，她就能听到。也许他还有事要托付她。她浑身困乏，眼皮上像涂了层胶，刚想睁开，又粘在一起，她在似睡非睡的状态下，迷迷糊糊地过了一夜。

上班时，方琪不时看一眼手机。以往手机都设置成震动状态，今天她却调为有声，并把他来电的铃声设为《明月千里寄相思》。一整天过去了，依然没有接到他的电话。

又一个黄昏来临时，方琪再次拨出那个号码，提示音:您所拨打的号码是空号，请查证后再拨。她傻了，不敢相信自己的耳朵。

难道之前的预感就是这个结果？方琪在屋子里转来转去。她看到了茶几收纳盒里，前些天辖区派出所给的一张警民联系卡，上面有联系电话、邮箱等信息。这么晚了打电话，会有人接听吗？她心里没底。不如先发个邮件。想到这里，她快速打开电脑，给派出所公务邮箱发了一个邮件。

一直没有消息，“廊桥遗梦”似乎从人间蒸发了。那个邮件也不知下落。方琪没有去派出所，她抱着一丝希望，希望“廊桥遗梦”会突然出现在她的眼前。

3

“你发的邮件我们收到了。”民警看了一眼方琪，“把情况说一下。”她目光呆滞地看着桌子，头嗡嗡作响，什么都想不起来了，包括那人的模样，怎么给人家转账的，一切都是混沌的。停了好半天，她才说，想不起来了。

民警望着方琪，一个劲地摇头。看她焦躁不安的样子，民警又说：“据目前掌握的情况，‘廊桥遗梦’涉嫌诈骗来的款项，已被他挥霍一空，其名下也无财产，你要有心理准备。你先回家休息，有事再通知你。”

方琪走出派出所时，感觉自己头重脚轻，四肢无力，糊里糊涂，不知怎么回到家的。

进家门时，已是黄昏时分了。她打开窗户，站在窗前，望着如血的夕阳，心如刀绞，那血是从她身体的血管里流出来的。在那残阳的余温中，她能闻到一种血腥味，更能感受到残阳的温度。

十年的光阴，让方琪从她挑人到人挑她，这个过程有点像从白天鹅到丑小鸭。

方琪回想这些年。那个曾苦苦追求自己五年的初恋云峰，因不肯跟他去小县城教书而分手。如果说与云峰的感情有些青涩，还不够成熟，那么与范青和康辉的情感是日渐成熟的。若不是当初自己有些倔强、固执，也不至于至今一个人，形单影只。如今自己学会了如何去爱，可心爱的人又消失在人海。她终于明白，一些人，一旦错过，就不会再来。

4

方琪气喘吁吁地跑回家里，心里急慌慌的。她预感会发生什么事情。屋里空空荡荡，她喊了声："范青。"没人答应。客厅白色茶几上，放着一只红色水杯。这是过生日时，范青送她的礼物。她跑过去，发现杯子下压着张纸条。上面潇洒的字体，正是范青的笔迹。

方琪：

我给了你十天，考虑是否去领结婚证，结果毫无音讯。我不勉强你。只想对你说：婚姻像一双鞋，合不合适只有自己知道。如果你拒绝穿鞋，也许避免了因为鞋子不合脚而磨出血泡，但也可能因赤足行走，踩到钉子上。那时候，你或许会意识到，婚姻其实也是对爱情的一种保护。

感谢曾经的陪伴，祝你找到属于你的幸福！

范青

方琪手里攥着纸条，愣愣地望着水杯，感觉浑身无力，胸口发闷，像有什么东西卡在呼吸道里，喘气都有些困难。

一阵风从窗户钻了进来，卷走了她手中的纸条，她全然不知，如塑像般立在那里。周围的空气停滞了，四周冬眠一样沉寂。

5

方琪曾学过国画,喜好画残荷。老师感到很奇怪,一般学生都喜欢画盛开的荷花,也有画含苞待放的荷花的,就她爱画残荷。那时她才十几岁。

方琪画残荷,参加比赛拿了奖,也印证了老师对她的期盼。她拿着奖状回家,想让已临近预产期的母亲看看。等她回到家时,得知母亲因难产没能走下产床。她飞奔到医院,望着母亲遗容哭晕了过去。

在母亲的葬礼上,听亲友说,母亲在生产时,巨大的疼痛让她差点咬断自己的舌头。

给方琪和父亲更大打击的是,家人盼望的男婴在出生一周后也夭折了。

母亲的去世,除了让方琪情感上痛失亲人外,也让她知道女人生产是有生命危险的。之前她很少关心这样的事,认为女人生产很简单。从那时起,方琪开始讨厌自己是个女人,并多次在父亲面前流露过这样的情绪。她也会把母亲的死与自己联系在一起。如果有一天,自己结婚了,生产时会发生母亲那样的情况吗?这让她很恐惧。一想到这些她就手脚冰冷,身体发抖,味觉和触觉都失灵了。这比她看惊悚片还吓人。看电影时,她知道情节是虚假的,是供人娱乐消遣的。而母亲的去世,却是血淋淋的现实。这种创伤,看不见,摸不着,却会一直根植于心。

方琪上大学后,不再画画。但她依然喜欢看画,只要有画展,她都会去看。

“我叫范青。模范的范，青年的青。你叫什么名字？如不介意的话。”胸前挂着单反相机的范青自报家门。

方琪拢一拢颈后长发，从超大的太阳镜片后打量着眼前这个年轻人。他个头不高，一颗小虎牙俏皮可爱，富有青春气息，酷似那个叫阿牛的歌手。

“你看，我像坏人吗？”范青把头一歪，用一双含笑的眼睛看着她。

这么一歪，颇有几分幽默，几分童真。方琪好久没有看到这种童真了，那是一种单纯、干净的表情。

方琪摘下太阳镜。透过深咖啡色镜片看人的脸是有色差的。她抬头又看了一眼，他小麦色的脸，看上去很舒服。

“你别误会，我没别的意思，想让你当一会临时模特，我拍几张照片。我不知怎么称呼你，想问问你的名字，就这么简单。”范青摆摆双手，头又歪了一下。

“我感觉称呼同志，或者称呼小姐，都不合适。要是知道了你的名字，就方便了。我不能这么叫你吧，哎！女同志，哎！小姐。”范青在嘴边做了一个喇叭的手势，笑眯眯地看着她说。

从笑容中，方琪感到他的善意与真诚。她仰起头，用平和的语调说：“我叫方琪。”

“这名字听起来好文艺！”范青耸了耸肩，轻松地一笑，露出虎牙，眨眨眼说。

“好吧，不说那么多了。你说，我站在哪里合适，提前声明，不懂摆造型的哦。”方琪眉头微微一皱，侧着脸注视着他说。

“随意好了。”范青快速拿起挂在脖子上的相机，低着头说。

在低头的一刹那，他看见了一双白嫩的脚，指甲上涂抹着肉粉色的指甲油，上面有白色的手绘蝴蝶，在银灰色凉鞋的映衬下，显得典雅清新。他深深呼吸了一下，一股淡淡的荷香从方琪的身体飘来。他有些陶醉，想多闻一会。眼前的她，光洁如玉的脸颊上泛着红光。

“你怎么了？”方琪一副惊讶的表情。

“哦，没什么，刚才低头有些猛，头有点晕。”范青脸上泛着一种兴奋。

接下来的一个多小时里，方琪随意地在各种展品前摆出不同的造型，让范青拍摄。范青没说一句话，就凭一个手势，一个眼神，举着相机，跟着她的脚步，穿行在大厅里，两人配合得相当默契。

方琪的状态很投入，举手投足都有专业模特的范儿，尤其是眼神，很到位。范青喜欢她进入角色的感觉。

6

世间，最远与最近的距离，是心灵与心灵的距离，若懂得，一个眼神，一切都释然了。

方琪偶遇范青时，刚过完二十五岁的生日。

范青是公务员，家境殷实。他比方琪大四岁，自从与方琪相识后，他频频约她去看画展，看演出，看电影。两人感情的温度与日俱增。

逢年过节，范青的父母，都会请方琪去家里吃饭。她感受到了家的温暖。自从母亲去世，父亲劳务派遣去了国外后，过年过节是她最怕的时候。在范青家她享受到了家的祥和与温暖。

令方琪感动的是，以前范青从不做饭，为了方琪，他主动学做饭。起初范青母亲有些不高兴，虽没明说，可哪个母亲希望儿子围着锅台转。当年考公务员，比考大学难多了，可范青以总分第一的成绩考进了商务厅。家人为此感到自豪。能进大机关，自然想在仕途上有所发展。以范青的能力和为人，当个处长是迟早的事。他进机关的第四年，也就是跟方琪认识的时候，他已是副科长了。

婚姻是大事。既然儿子喜欢，两个人也挺般配，范青的母亲想，只要孩子幸福，由他去吧，也接纳了她不会做家务的事实。

范青知道方琪喜欢吃酸辣味的菜，但他父母是南方人，家里饮食口味清淡。为方琪，他学会了酸辣鱼、酸辣粉、酸辣牛肉等。在他的照顾下，原本清瘦的她圆润了许多，皮肤也光滑紧致了许多。

在方琪二十八岁生日那天，范青准备在南山香园，为她过一个浪漫温馨的生日。

满屋都是方琪喜欢的海蓝色。水果蛋糕上插着七彩的蜡烛。当她走进来时，一架遥控直升机从满地的花瓣中飞起，在空中盘旋一圈后，在她面前停住。飞机下方吊着一个粉色盒子。范青走过来，从遥控飞机上解开彩带，拿下盒子，慢慢地打开，是一枚闪着璀璨光芒的钻戒。范青甜蜜地拉起她右手无名指，将钻戒戴在上面，深情地凝望着她，说："琪，嫁给我吧！"

方琪激动得说不出话来，眼里噙着泪花，扑进范青的怀里。

与范青交往的过程中，有一次她生病，他请假陪护身边，几个晚上没有合眼，人都瘦了一圈。等她出院后，他买了许多滋补品给她，希望她身体快点好起来。

方琪有些任性，动不动喜欢发点脾气，闹点情绪。范青包容她，把她当宝贝一样，哄她开心。

方琪打电话给父亲，父亲说，这样的男人是值得托付终身的。她也为自己遇到范青感到庆幸，心里美美的。

酒的作用很奇妙。半瓶进入身体后，在酒力的作用下，范青有些激动，他猛地将方琪抱起来，径直向里面的卧室走去。一身浅粉色衣裙的方琪被放在洁白的床单上，面颊似两团红云，光彩照人。他不等她说一句话，便把嘴唇压在她的嘴唇上，细腻绵柔地亲吻着。她也沉浸在甜蜜的吻中。

范青在方琪的耳边轻轻咬了两下，温柔地低语道："今晚做我的女人吧。"

她眼前出现了母亲难产时痛苦呻吟的模样，苍白的脸上满是泪水，深红色的血流在地上，成了一条河。

万一怀孕了怎么办？她可什么措施都没有采取。想到这，她用力推开范青，猛地坐了起来，双手抱着头，将脸淹没在凌乱的头发中。

范青不知发生了什么，傻傻地看着方琪。她用颤抖的声音说："我有些紧张，对不起。"

7

不知不觉，方琪步入了三十岁的行列。

平日里忙工作，日子过得飞快。每到过年过节时，她就感到焦躁不安，慌张，甚至有些忧郁。总有一些幻觉包围着她：她感觉自己被关在一个密闭的空间里，四处黑漆漆，空气不再流动，她大口喘着气，四肢失去知觉。一会她又感觉独自走在一条没有路灯的小路上，小路很幽深，窄窄的，只能容下一个人经过，地面坑坑洼洼，一不小心就会摔倒。

此时，她特想联系范青，却一直联系不到，电话那头，只听到“嘟嘟”的声音，没有应答。无论她拨多少遍，依然是忙音。她越来越感到自己没安全感，她渴望恋爱，渴望婚姻，渴望有一个温暖的家。

方琪消瘦了许多，精神也萎靡不振，接到父亲电话时，也是语无伦次。有时忘记了回答父亲的话，便挂了电话。

糟糕的情绪，让方琪在公司业务中屡屡出错，搞得她有些狼狈。

情绪低落的方琪在同学燕玲的鼓动下，参加了校友聚会。

方琪独自坐在靠窗的桌边，左手握着一只红酒杯，有人来跟她碰杯时，便礼节性地喝一点。多数时间，她右手托腮，百无聊赖地望着繁华热闹的街市。

窗外一家三口缓步而过的身影进入方琪的视野。她没看清楚他们的面容，但从步态来看，他们是幸福的，是开心的。

方琪的记忆中，一家人从没这样漫步过。不知道父母那时候都在忙什么。她从没有同时拉过父母的手。那是什么样的感觉？

方琪清晰地记得母亲去世后，在医院里拉过母亲的手，那是双冰冷的手。

方琪认为，母亲的死是跟自己有关的，假如自己是男孩，母亲就不用冒险再生一个弟弟了。

作为女人，有一天她也会面临生产，而她又会遇到什么意想不到的事情？想着，想着，方琪不由自主地打了个冷战，眼前不再是五彩斑斓的彩灯，而是一个黑漆漆的巨大空洞，她就站在洞的边缘，只要脚下轻轻一滑，随时都有掉下去的危险。她顿时感觉眼前发黑，天旋地转，她伏在了桌子上。

“可以坐在这里吗？”一个低沉的男人的声音问道。

方琪被话语唤醒，头还没抬起来，便说了声：“请便。”她抬头看了一眼问话的人，一双明净清澈的眼睛正看着她。这种清澈明净，她在西藏的湖边见过，清澈得能照亮人的眼，更照亮人的心。她的心顿时被抓住。她有些慌张，端酒杯的手微微一颤，杯子从手里滑落，酒洒在桌子上，又溅在身上。他迅速从桌上的纸巾盒里抽出纸巾，将桌上的酒擦干净。

“来点红酒，还是饮料？”他身子前倾了一下，微笑着，用温存的目光看着她说。

“开水吧。”方琪将胳膊放在椅子的扶手上，努力让自己看起来更轻松自如些。此时，她感觉已远离了那个黑洞，不再那么恐惧，心绪平静了，气息也均匀了。似乎什么东西给了她一种力量。

方琪端起水杯，抿了一口。那口看似普通的白开水，如神话中圣湖的水，通过血液流向全身，洗涤了她身上那些困扰她的污浊的东西，让她有了一种轻松愉悦的感觉。她的胳膊不再那么僵硬，目光重新回到他的身上。

浅紫色衬衣，棱角分明的脸，明目上那对浓眉，让人感受到铮铮男儿的气息，俊朗中还有几分神秘。

“我叫康辉，大家称呼我阿辉，本科是学土木工程的。”他抿了一口杯里的红酒说。

“我是会计专业。”方琪低下了头，随手将垂在胸前的长发拢到耳后，柔声说。

土木工程，方琪并不陌生，父亲就从事建筑工程。她顿时感到有些亲切，但转念又一想，这意味着要常年在外，奔波于工地间。

方琪心里有点忐忑。

8

初春的阳光，像母亲的手，温柔地抚摸着方琪的身体。连续加班几个晚上，她决定今天补休，在家好好休息一下。

躺在宽大的床上，她微眯着眼睛，看着阳光从她身上一点点滑过。阳光透过白色的纱帘投射进来，斜看过去，如千万条的金线。她曾无数次数过这些金线，可怎么也数不清。

一条，两条，三条……正当方琪专注地数着阳光时，电话响了，是阿辉打来的。今天是他母亲的生日，他替她给母亲买了礼物，中午一起吃饭。

进了饭店的包厢，方琪发现除了阿辉的母亲，再没有其他人。她感到有些异样。去年过生日时，阿辉的姨妈、舅舅等长辈都来了，一大桌人。那天她喝了不少的红酒，腿发软，走路都软绵绵的。最后是阿辉抱着她上车的。

三个人坐下后，饭菜也很快上桌了。

方琪拿出礼物送给阿辉的母亲。她高兴地接了过去，但并没有急着打开礼物，而是放在身旁的椅子上。她看了看她和阿辉，说：“你们该商量商量结婚了。

“阿辉,我知道你工作忙,但结婚是人生大事。你们相处两年了,也相互了解了。你是男人,结婚的事情,你要操心。”

方琪放下筷子,把手放在并拢的腿上,微微低着头,心“咚咚”直跳。

说完阿辉,老人看着方琪说:“女人一辈子总要结婚,总要生孩子的。不结婚,不生孩子,人生是有缺憾的。尤其是女人,不生孩子,就不能体会做女人、做母亲的快乐和幸福。人一辈子就是这样,该经历的都要经历一下。不能因为怕辛苦就逃避,这是不对的。”

方琪一声不吭。这样的话,她听过多次,听了开头就知道结尾,如同那些无聊的肥皂剧。她有些无法忍受,便伸伸脖子,轻声干咳了几声。

方琪不知从何时起,内心有些惧怕阿辉的母亲。她清楚地记得,在他家切菜时将手指切破,阿辉急忙给她找创可贴。他母亲冲着阿辉说了句,不会做家务的女人,怎么可能贤淑!

虽然声音很小,但坐在客厅的方琪还是听到了。她心里清楚,这是对她有意见。她的确不会做家务,从小父母就没让她做过。她一直认为,只要有一份好工作,有丰厚的收入,家务这样的事情,完全可以请家政来做。阿辉的母亲是传统观念很强的老太太,在她看来,好媳妇的标准,第一条就是茶饭好。这恰恰是她的软肋。

每次在饭桌上,虽然阿辉在两人中间周旋,力图将气氛调和得更加融洽些,但方琪依然感到一种莫名的紧张,似一种无形的压力,让她有种想逃离的感觉。

饭后,阿辉给方琪削苹果。阿辉的母亲不停地收拾一下这,又去擦拭一下那。其实屋子里每个物件已经很干净了,但在他母亲看来,所有的物件上都是污浊的,空气中的灰尘,随时会落在它们身上。她必须随时把它们擦拭干净,只有这样才能心安。

阿辉的父亲去世早,他一直跟母亲生活。从小就听话的他,对母亲的各种要求几乎是百依百顺。这些方琪是看在眼里的。她也曾想问阿辉那个不知道多少女人问过男人的问题:如果你母亲与我同时掉进水里,你先救谁?可她并没问他。

在方琪眼里,阿辉是个很出色的男人,几乎从他身上挑不出瑕疵,反倒是自己与他相比,暴露出许多不足。他却接纳了她。这与之前范青包容她的任性不同。阿辉不仅在生活上无微不至地照顾她,在工作中不时给她一些好的建议,这与阿辉在投资公司做经理有关,尤其是他看问题的前瞻性,令她佩服不已,也因此,她发现自己更加依赖他了。

一个无法回避的现实是,她与阿辉之间有一道无法逾越的障碍,便是阿辉的母亲。她心里明白,阿辉的母亲自始至终都不喜欢她。想到未来要与这样的一个老太太生活相处,她感到有些不知所措。

9

这天夜里,方琪做了一个梦:眨眼的工夫,她有了身孕。不仅肚子越来越大,还有了胎动,孩子在里面左一拳右一脚,让她无法安静。身上散发着一股酸臭味,再抬头看看镜子里的自己,脸上都是芝麻大的斑点,一头秀发也竟然掉光了,明晃晃的脑袋,跟庙里的和尚似的。她吓坏了,脚猛地一蹬,醒了。

方琪像变了一个人似的。阿辉一提婚事,她就变得很紧张,要么一句话不说,要么就莫名其妙地发火。有那么一阵子,阿辉叫她吃饭、看电影、旅行等,她一概推辞。她只要听他说到他母亲,心里就莫名其妙地发怵。

阿辉的母亲则坚持认为,方琪与阿辉八字不合,没有缘分,分手是迟早的事。

方琪慢慢开始不接阿辉的电话,这让阿辉很难受。

一场秋雨的午后,方琪手机来了条短信:方琪,这些天来我认真思考了我们的未来,我想娶你做我的新娘,可这是两个人的事情。也许你还没有做好步入婚姻殿堂的准备,我已三十八岁了,不想让母亲再为我操心。祝你找到属于你的幸福。

雨越下越大,雨点打在树叶上,沙沙作响。方琪感到皮肤上有一些凉意。她望着手机屏幕,脑子里一片空白。

10

方琪准备换衣服时,手机响了。一看电话很陌生,她迟疑了一下,还是接听了来电。电话是检察院打来的,告诉她“廊桥遗梦”涉嫌诈骗,已由检察院提起公诉,法院于本月五日开庭。

以前在电视上看到类似新闻,方琪总是不以为然,心里还暗自嘲笑这些上当受骗的人大脑短路了,怎么会轻信那些人的话。如今自己鬼使神差地成了骗子的对象,这种滋味,也只有她自己知道。

11

四年一届的艺术展开幕了。

偌大的展厅里，方琪漫不经心地在展品前驻足观看。她眼前似乎出现了范青的身影。她想起他微笑时，那可爱的虎牙；想起他为她过生日的情景；想起他的吻和爱抚。她感到一种久违的温暖。她看着，想着，眼窝就潮乎乎的了。

“嗨！方琪，你也来看展览了！”一个人拍了一下她的肩膀。这个声音很熟悉。她转身一看，呆在原地。是范青。

此时，方琪的手机响了，耳畔响起了歌曲《问》的旋律：谁让你心动，谁让你心痛，谁会让你偶尔想要拥他在怀中，谁又在乎你的梦，谁说你的心思他会懂……

一地树荫

1

“丫头，把图钉递给我。”在院子树下跟随老鼠脚印找洞穴的我，听到父亲声音，电打一般进了屋子。

父亲站在椅子上，一只手扶着墙上新买来的年画，一只手伸向我。图钉掉在地上，跑到哪里去了？我蹲下身子，目光快速在方桌和椅子下面搜寻。圆圆的一个亮点，躺在床腿边。我趴下，伸手捉住它。站起身子，踮起脚跟，木棍样的胳膊，还是够不着父亲的手。

“哎呀！你啥时候才能长高点！”从父亲的语气里听出一种埋怨，似乎我光吃饭，不长个，帮家里人干不了活。

觉得父亲冤枉我。我八岁就踩着板凳开始学做饭。夏天我在院子里的葡萄树下，带妹妹，晾干菜，洗衣服，没闲着。

高大、威严、冷峻，捉摸不定，这是我眼里的父亲。怎么才能长高呢？这是我在上学路上常想且困扰我的一个问题。

与邻居们的孩子比起来，瘦小的我，常遭人欺负。

夏日的某一天，我怯生生地走出了院子，在村里游荡。转过弯，我看见几个女孩在踢毽子，脚步不由自主就迈向那里。我站在一旁看。她们个个都踢得好，那毽子像是能听懂她们的话，乖巧地翻飞起舞，变换各种花样。

虽说年纪相仿，她们的个子都比我高，脚腕也比我灵活。我在自家院里也踢毽子，根本踢不出那么多的花样来。心里发急，额头、脖子都累出了汗，照旧一个花样也踢不出来。我泄气了，将地上的毽子捡起来，猛地扔向房顶，不偏不斜，立在房檐的瓦片上。毽子神采奕奕，似乎嘲笑我的无能。气不过，又捡起几枚碎石，瞄准毽子，直到将毽子击倒。

葡萄架下有一张大木床。我平躺着，阳光从浓密叶子的缝隙挤进来，像一把把闪亮的匕首。我不躲闪，迎着光亮，心里说，你要是锋利，就杀了我吧！这个想法蹦出来的时候，我的手微微颤抖了一下。

我翻身从床上坐起来，看着自己的脚。一地树荫，让我的脚看起来很小，很可爱。我晃动了几下，觉得无聊，也无趣。

踢毽子的几个女孩中，有一个很胖。她踢毽子的样子也很滑稽。说心里话，她没我踢得高。轮到她踢时，我站在她的正对面。我不知道当时怎么就笑了。笑的时候并没有发出声音，也许就是嘴角动了一动。我不敢放肆地大笑，那样我半张脸就是歪的。她们会笑话我。

为这个事情，我很后悔，没有听母亲的劝告，黑夜偷偷跑进坟地去看会跑的火焰。一团一团，兴高采烈的火焰。我狂喜地向它们跑去。可到了跟前，火焰却消失了。我大声呼喊，没有听到一点回音。

我觉得大人们很可笑，总拿一些看不见摸不着的东西吓唬我，什么长舌头的鬼，绿头发的妖怪，甚至是浑身长满刺的蛇。

我没见过,自然不会相信。

但那个月亮很大的夜晚,我从坟地看完火焰回到家,第二天就发烧了,一直烧了好几天。母亲带我去村卫生所打针,又请来村里会看癔症的婆婆。不知道是打针的效果,还是那婆婆药包的作用,总之我的烧退了,可半边脸歪了。

那胖女孩的毽子掉了。几个女孩都在哈哈大笑。我跟着也笑起来。"歪嘴斜眼的丑八怪,笑啥?"胖女孩气恼得像头熊冲我扑过来,将我按倒在地,胖乎乎的拳头冰雹一样落在我的脸上。眼睛、鼻子、耳朵都热了。我抓住她的衣服,却动弹不得。

两个女孩将胖女孩拉走后,我摸了一下脸,全是血。

见我这副模样,几个女孩吓跑了。我慢慢从地上爬起来。这时候,我想爷爷了。爷爷不会责备我。爷爷喜欢去马厩。我抬起胳膊用袖子擦了一下脸,高一脚,低一脚,朝马厩走去。

失望的心情,辽阔的天空不会知道。爷爷不在马厩。我用马厩一口大缸里的水,洗了脸,衣服前襟湿了大半。这个样子回家,不是被骂,就是挨打。

我被一阵鸟叫声吸引,顺着声音望去,一群喜鹊飞向马厩旁的榆树林。

我一下高兴起来。

我跑出马厩,在茂密的榆树林中有了一种莫大的安全感。

我选择了一棵Y形的榆树,爬上去,在树杈中间坐稳,耷拉着腿。低头一看,一地树荫,找不到我的影子。我四下望一圈,没有一个人。那马厩的墙变得矮小,我像一个巨人,瞬间觉得自己高大起来,威风起来。

年画上是一个身穿红衣服，脚穿红皮鞋的女孩，还有一男一女，像是一家人。父亲从椅子上跳下来说，以后我们也能过上这样的日子。

我盯着那双红色拉带皮鞋，看了又看。父亲又说了什么话，我一句也没有记住。

2

院墙外是一排笔挺的白杨树，刮风的时候，叶子沙沙作响，我觉得它们是在唱歌，或者说笑话。我昂着头，看白杨树的树梢，真是太高了。

墙边立着木梯子。我一级一级爬上梯子，又爬到土墙上，换了口气，颤巍巍地站在墙头。还是觉得白杨树太高，战战兢兢地向屋顶走去。觉得眼睛发花，我索性骑在墙头，一点点往前挪动身子。当抓住房檐时，我小心地站起来，身子往上一纵，右腿一抬，上了屋顶。

这是我第一次爬上屋顶，觉得自己很了不起。我站在屋顶看白杨树，还是那么高大。我太小了，根本够不着杨树的叶子。

我低头一看，白杨树下卧着几只鸭子，懒洋洋地晒着太阳，树荫并没有遮住鸭子。

"你这个疯丫头，跑到房顶干啥？不吃饭，不上学吗？"母亲站在院子中央喊我。此时，母亲哪里知道，我想快快长大长高，像白杨树一样。

学校没有院墙，远远就可以看到同学们在踢毽子、打沙包、跳皮筋。这几样，我玩得都不好。同学们也不喊我一起玩，虽然我很想跟他们玩。

当然，我不是最倒霉的那个人。班里还有一个新转来的女生，跟我一样，在同学们眼里是个笨拙的人。不过有几次语文老师表扬了我，说我日记写得好。刚开始写日记。写什么呢？吃饭睡觉写作业，还有什么好写的呢？同学们天天写的都一样。我把院子里的狗、猫、鸡、鸭、羊，以及菜园、果园、屋檐下的燕子、树上的麻雀等写到日记里了。

这样的开心一闪而过。等到了数学课，我被老师用教鞭敲击脑袋。老师把考试卷子放在课桌上，重重地撂下一句话："笨得跟猪一样！"我低着头，不敢大声出气。同学们哄堂大笑。我觉得那笑声里有锤子，一个个向我捶打过来。

新转来的女生境遇比我更糟糕。被女生取笑不算，男生们更是把她当成开心的物件。课桌里放只死耗子，书包里放一条青色的虫子，或者在她回家的路上，男生躲在路边的葵花地里冲她投掷石子。

我心里很气愤，干吗欺负她，她并没有惹谁。就为了看她受惊吓，一脸泪珠的样子吗？可我不敢向老师说，更不敢找欺负她的男生讲道理。我知道结果就是挨打。

一次次，远远看到那个女生哭着回家，我却不敢上前说一句安慰她的话。我为自己的懦弱感到羞愧，甚至讨厌自己的胆小。我想自己如果再高点再大点，也许就有勇气跟那些男生们较量了。我是班里的小不点，根本打不过他们的。

夏天来了，我没有长高一点点。那个女生却跟地里的麦子一样，长了一大截。课间休息的时候，同学们都到操场上玩。我先她几步出了教室，那个女生在我身后。我想到河边去洗脸。天太热了，我手心都出汗了。我刚走出教室几步，就听后面“扑通”一声。回头一看，那个女生摔倒在地，鼻子出血了。再看，两个男生手里拿着一根细铁丝，得意地坏笑。不用说，他们搞的把戏，绊倒了女生。

偏偏这个下午没有老师来上课。自习课班里沸腾起来，我几次回头看那个女生的座位，是空的。下午那个女生没来上课。

一晃两天，都没有见那个女生来上课。第三天，听班主任说，她退学了。当时我很震惊。这时候，一个纸弹子飞过我的头顶，落在讲台前的地上。我知道是谁干的，下意识地攥紧拳头。

这天是我值日，偏偏跟那个捣蛋的男生一组。同学们都走了，留下我们几个值日生。

那个男生没有扫地，没有整理桌椅，也没有倒垃圾，在教室门前空地上专心地甩烟盒。起来，蹲下，再起来，又蹲下。

我倒完垃圾，看到男生的背影。人专注干一件事情的时候，就放松了警惕。一股无名之火顿时蹿上来，我快速向男生跑去，从背后扑过去，将男生按倒在地，使出浑身最大的劲，一顿拳头。

觉得自己没了力气，转身拔腿就跑。我先是钻进玉米地，从玉米地绕道跑到村西头的高粱地。还能到哪里去呢？家是不能回的。忽然我想到了榆树林。

有了目标，我跑得更快了。

这次我爬上了一棵更粗更高更茂密的S形榆树。树干弯曲处有一个大瘤子，凹进去一块，刚好容下我的身子。

没人追来。我安心地卧在树上睡着了。等睁开眼睛时，四周乌黑。低头一瞅，地上也是黑黑的一片。我顿时害怕起来，觉得那一地树荫里藏着长舌头的鬼、绿头发的妖怪，甚至是浑身长满刺的蛇。我“哇”的一声哭起来，顾不得许多，从树上溜下来。

等跑回家，发现父母都不在，爷爷坐在院子的木床边打盹。爷爷见我回来了，以为我跑去玩耍了，迷迷瞪瞪地告诉我，爸妈去看戏了，说不定马上就回来了。

一周时间，我都在榆树林里度过，从这一棵树爬上去，下来，再爬到另一棵树上。快到放学的时间，装模作样地回家吃饭。

当班主任出现在我家院子门口时，我知道一顿“皮带面”等着我。

从此，那个男生再没欺负过我。

语文老师让我参加乡里举办的作文比赛，我获奖了。爷爷高兴，问我要什么，买给我。我说，红色的拉带皮鞋。

3

瘦小的我，跳皮筋、打沙包、踢毽子玩不过他们，可爬树，他们都不如我。包括男孩子们，都没有我爬得快。常常是，我在最高那棵树的枝丫上，得意地看着树荫下的他们。

他们觉得无趣，一个个离开了。偌大的树林里，剩我一个人。

我学会了用树叶吹曲子，听起来有点怪，可心里很高兴。吹累了，我斜靠着树干，扭头看地上的树荫。发现树荫间的轮廓是一幅幅奇妙的画。我有点兴奋，忙从树上下来，找一根树枝，沿着树荫轮廓开始勾画。奔跑的马，狂舞的蛇，变幻的云朵，神秘的宫殿，太奇妙了，树荫居然藏着不为人知的画作。

一次图画课上，我没按老师的要求画苹果、桃子等水果，将树荫下的画,在图画本上勾勒了一遍。我一张一张画,根本停不下来。等下课时,图画本画完了。

我把图画本交到老师手里时,老师翻看着,眼里是奇异的目光。老师惊讶地问我:“谁教你画的?”我看一眼老师:“一地树荫教给我的。”说完,飞快地跑出教室。

教室里随后传来的一阵一阵的哄笑声,不再像以前那样令我不堪。

跑到家里,爷爷不紧不慢地说:“村里将马都杀了,每家都分得一份,你妈去分肉了。”

我一听就傻了,扔下书包,穿过麦场,看到许多人在榆树林旁站着、蹲着。

跑到树林处,我一下子呆住了。一个个巨大的马头,整齐地排在粗大的榆树下,马眼睛都睁着,黑黑的眸子,黑黑的睫毛,黑黑的眼圈。它们无一例外,都看着我,似乎在拷问抱怨我,没有救下它们。我捂住脸,不敢再看这些乌黑明亮的眼睛。

空气中弥漫着血腥味,鼻子里也是血的腥味。我钻进人群,看见许多双手伸向分割马肉的人,我觉得一阵恶心,扭头跑出人群,蹲在一旁呕吐起来。

分到马肉的人,一脸的喜悦。男人说着买酒的事情。女人们嚷着马肉太瘦了,吃起来跟干柴一样,口感不好。每个人都在说着与马有关的事情。我却厌烦透了,气急败坏地爬上一棵榆树,愤怒地看着欢喜的人群。

我始终不明白,马帮着人拉车、干活,出了那么大的力气,为啥要杀了它们?

太阳快要回家了,人群渐渐散去。不知道啥时候,马头也被人拿走了,地上是一片一片的血渍。原本鲜红的血渍,现在已经发黑,一群一群的苍蝇黏附在上面。几条流浪狗摇着尾巴在血渍上舔舐着,不时抬头看一下。

我心里涌上莫大的哀伤。为啥人这么残忍,要杀死没病没灾的马?

“又疯到哪里去了?”母亲斥责我时,我看到院子土灶上的铁锅里冒着热气,一股子肉味钻进鼻腔,被味蕾捕获。突然觉得肚子饿了,我的喉咙下意识地蠕动了两下。

不用问,母亲将分到的马肉煮进锅里了。我从笼屉里拿了半个馒头,钻进了自己屋里,将门扣上。母亲喊吃饭,我说,不饿。

放假了,母亲送我进山,到姨妈家去住些日子。我很开心,那里有山,也有粗大的榆树。我跟着表姐表哥们去山里放羊,拾麦子,摘红花,割芨芨草。一个暑假不觉就过去了。

爷爷赶着驴车来接我时,笑呵呵地说:“丫头,这个暑假长高了。”

回家的那个晚上,我梦见自己变成了一只喜鹊,在树林里飞来飞去。马厩里的马嘶鸣着,在和我打招呼。树林里有两个人,一男一女。女人绕着一棵棵榆树奔跑,男人在后面追,一圈又一圈。突然一阵枪声,我被击中,跌落在女人身上。女人惊慌地尖叫起来。男人随后跑来,捡起我,骂了一句:“该死的鸟。”将我扔出去老远。

等我醒来的时候,发现嘴角长出一个明晃晃的水泡,疼得钻心。

忘记疼痛的办法是分散注意力。我想去榆树林。爷爷告诉我说,他十七八岁的时候,这里是成片成片的榆树林,一直延伸到几公里外的大河边。要是在晚上,胆小的人不敢过,怕有狼出没。如今,人多了,树少了,只剩下这二三十棵百年榆树了。

爷爷说,这些榆树比他年纪大,少说也二三百年了。我打趣说,那它们就是树爷爷了。爷爷悠然地微闭着眼睛,捋着山羊胡子。

我走出巷子,觉得村里的气氛跟以往不同了。怎么不同了,也说不好。

快到麦场时,我看到几百米外尘土飞扬,又听到挖掘机的轰鸣声。咋回事?

我飞跑起来,往日几百米的麦场,我却觉得很长很长,总跑不到头。等我到了麦场边上,昔日的榆树林不见了,树都被锯断,不知去向。挖掘机挖出的巨大的树根,躺在地上,像一具具干枯的尸体。

原来,这一片地被作为宅基地分给各家。唯独没有被砍伐的两棵榆树,一棵Y形榆树是爷爷极力保留下来的,树的旁边是我家分到的宅基地。另一棵S形榆树旁是邻居周家的宅基地。

我赫然立在原地,脸上除了泪水别无他物。

站了多久不知道,只觉得下雨了,干活的人都回了家。有人喊我,赶快回家吧!

雨越下越大。我像是被什么牵引着,走到Y形榆树旁,抱着榆树号啕大哭起来。很快,我的哭声淹没在雷雨交加的雨夜中。

如今,这棵Y形榆树还在。夏天有那么几天,我会靠在榆树下打个盹,一地树荫,刚好遮住我的身子。只是我已经爬不到树上去了。

麻花姐

麻花姐进了监狱。

麻花姐唯一的女儿冬梅接过了麻花姐的摊子。这是后话。

这么给你说吧,在幸福路这条街上,麻花姐的摊子总是最热闹的。要是到了节假日,想买几根麻花姐的麻花那得排队。县城里的居民,周边工厂的工人,从乡里进城的农民,还有从山里来的牧民……麻花的香味太诱人,似乎这香味有一个无形的钩子,把各种各样的人从各处给钩了过来。麻花姐不像其他商贩那样扯着嗓子吆喝,倒是买麻花的人高一声低一句说个不停,但这些人都有足够的耐心,一个挨着一个,男女老少都很自觉地排队。许多时候队伍排得很长,影响到隔壁摊子的生意,人家就会嚷嚷道:“靠边点,没看见做生意呢?!”排队的人也不急,步子挪几下。人多的时候,队伍跟长蛇似的,影响到行人过路。摁响自行车铃铛的人,不时会冒出一句:“没长耳朵呀!”那有什么办法呢?人家就喜欢吃麻花姐的麻花,愿意等,谁也管不着。

麻花姐不是本县人,她租住在本县一个叫刘金的男人家院子里。刘金有个傻儿子酒儿,其实最初叫根儿,好端端的生出了傻儿子,人们都说跟刘金嗜酒如命有关。不知道啥时候起,没有人管这个傻孩子叫根儿,酒儿的名字却被叫响了。根儿还是酒儿,没有人在意。酒儿也不会在意,一个傻子会在意什么呢!刘金跟老婆生的第一个孩子就是畸形儿,生下来就夭折了。老婆劝过他,少喝点酒,优生优育不是说给别人听的,没有个一儿半女,这日子就不算是囫囵日子。刘金哪里听得进去,天天从修造厂下班便跟几个酒友凑在一起,酒成了他生活中最快活的尤物。等酒儿出生后,他乐了,瞧,还是个带把把的呢!我刘金有儿子了。这一高兴好了,喝酒更凶了。

酒儿到了四五岁,老婆发现他跟别人家的孩子有点不一样。话说不清楚是小事,什么都不认得,比如说日常的水果蔬菜,一个名字也叫不上来。老婆急了,抱着酒儿四处求医毫无结果。

有一天,刘金醉醺醺地推开里屋的门时,发现屋里空着。没多想,倒头就睡,在没有完全睡着时,他的手往旁边摸了一把。以往他会摸到老婆热乎乎的身子。刘金对自己的日子很满意,有班上,钱不多,小日子能过去。有儿子,老了有人养。有老婆,热饭暖被窝。一个普通的人,这就是幸福的日子。他没有什么更大的理想和目标,那是给年轻人说的,他都三十好几了,已经用不着这些了。

发现老婆走了,已经是几天后的事情了。刘金以为老婆生气了,回了娘家。以前发生过类似的事情。到头来,她自己就回来了。

麻花姐敲刘金家的门时,刘金以为是老婆回来了,心里想,你能耐大就别回来。他扭头一看,酒儿蹲在墙角玩一个已经破了的皮球。忽然他心里抽搐了一下,自己一个大男人无所谓,可孩子不能没妈。这么一想,他咳嗽了一声,打开了门。

眼前站着的人不是老婆,而是一个娇小玲珑短发的女人,看模样比老婆小几岁。刘金问女人什么事,女人说想租间房子。空屋倒是有两间。女人说她想在街上摆个麻花摊,这离街口近,租金好商量。屋子闲着也是闲着,租了得几个租金也好。这么想着,刘金就把房后的两间闲置多年的小屋租给了麻花姐。

麻花姐的女儿冬梅比酒儿小两岁。酒儿是傻,但从不打人。邻居们管这种傻子叫文傻子。那种冷不丁就打人的傻子叫武傻子。酒儿没有攻击性,麻花姐不怕他,冬梅也不怕他。

有一天,刘金接到法院的一张传票,老婆一纸诉状告到法院,要跟他离婚。

冬梅进了县城附近的一所乡村中学读书。刘金虽说在修造厂上班,也只是一名普通的工人,把一个外地娃弄到县城中学读书,他没有那么大的能量。刘金只能托人,才办妥了这件事情。为此麻花姐很感激刘金。刘金说冬梅灵气,一定能学好。

酒儿动不动就跑出去了,有时一天两天,有时会是三天四天。跑哪里去了,刘金不知道。他要上班,不可能每次酒儿不见了他就去找。最初他是找过的,但很难找到,为了找酒儿,有一阵子单位领导找他谈话,说请假超过一定时间就要开除。刘金有点胆怯了,他不会其他手艺,如果离开单位到哪里再去找份事做?让他去摆摊子,一是拉不下那个脸,再者,他干不了那种讨价还价的事情。

酒儿常在街上逛,街上的人都认识他,有给饭的,有给水的,也有给衣服的。如此酒儿倒不会被饿着冻着。刘金也不多想了。老天给他这么个儿子,他就得认命。

麻花姐住的两间小屋有个独立的百十平方米的院子,与前屋相连的过道有两米宽。自打麻花姐住进院子,为了方便,给麻花姐的那边就开了一个门。按说麻花姐收拾自己的这边院子就可以了,但麻花姐却把前面也收拾得有模有样。院子里里外外干净了不说,也有了生机。麻花姐是个利索能干的女人,早晨起得很早,虽说刘金家的院子在县城算不得大,但也有四百多平方米。前面三间砖房刘金和酒儿住着。有个小菜园,麻花姐来之前杂草丛生,麻花姐种上了小白菜和菠菜两样叶子菜,又种了胡萝卜、青萝卜和红薯,因为错过了种西红柿、辣子、茄子的节气。刘金说别种了,吃不了多少。麻花姐说:“地空着也是空着,自己种的好吃不说,还能省几个钱。”刘金不让麻花姐干,说自己抽空干。麻花姐笑笑说:“你上班跟铁疙瘩打交道够累了,这些活我顺手就干了。”刘金斜靠在门框上,看着麻花姐扫院子、浇菜园子,不由得嘴角就荡起了笑容。一高兴,唱起了妹妹你大胆地往前走啊!声音不大,可钻进了麻花姐的耳朵里。麻花姐猛一抬头,瞅见刘金正冲她笑着的样子,脸不由得一红,低头看看衣领,把衣服往后拉拉,生怕出丑。虽说算不得年轻了,可到底是女人,该注意的时候,还是要注意的。麻花姐确定没有走光,便问一句:“你笑啥?”刘金不唱了,走到麻花姐跟前接过她手里的胶皮水管,眼里闪烁着灼热的目光,说:“你说,我笑啥?!”麻花姐被这目光击了一下,浑身发热。她忙松开抓管子的手,抬起右手捋了捋额头掉下来的一缕头发,慌张地走出菜地。

麻花姐是从重庆偷偷跑出来的。为啥要偷偷跑?这还用说,那一定是有事,这事怎么说呢,还不是一件小事。

麻花姐的男人去广州打工,那年春节回家路上翻车死了。麻花姐没了男人,很快在四乡八村就传开了。死男人的女人多了,可怎么麻花姐的男人死了，就让人注意了呢？那还用说，一个是麻花姐能干，麻花的美名早就被人知晓了。还有就是麻花姐长得好看。女人一好看，就跟盛开的花一样，蜜蜂、蝴蝶都来了。

有的人借着买麻花，跟麻花姐说几句沾着荤腥的话。还有几个人，乘着夜色，在麻花姐的房前屋后，不是吹口哨就是扔砖头，连诱惑带恐吓，无非是想采摘这朵花。

麻花姐做着小本生意，各色人等都见识过。你若是开个玩笑，逗个乐，那倒也没啥，可你来真的，那就看错人了。

有些事情就是这样，你可以忍，也可以躲，但有些事情就跟炉膛里的烟一样，点着了就会冒出来。

老虎是麻花姐卖麻花那条街上的一个男人，纠缠麻花姐不是一天两天了。麻花姐明确拒绝了老虎，并声称如果再骚扰就报警。

老虎哪里听得进去，一天夜里，喝了酒，又去麻花姐家纠缠。麻花姐使劲推搡，不想老虎却一把扯开了麻花姐的衣服。麻花姐急了，拿起水缸上的水瓢朝老虎的头上就是一顿猛敲。

老虎栽倒在地，麻花姐傻眼了。

望着熟睡的冬梅，麻花姐想如果天亮被人发现，事情就大了。匆忙收拾了点东西，背着冬梅就跑出了镇子。

躲躲藏藏，走走停停，辗转几个省，耗费十年光阴，到了米县。

好几次，刘金站得远远的看站在摊子后的麻花姐，揉面、拧麻花、炸麻花，就想麻花姐不该是做麻花的，跳舞定是个好坯子。个头不高，身子柔软灵活，关键是笑的模样抓人。她对每一个顾客都含着笑，笑的时候，洁白整齐的牙齿闪烁着珍珠般的光泽。她把装麻花的袋子递给顾客时都要重重地点点头，说声谢谢。

刘金知道麻花姐喜欢吃鱼。厂里一个同事爱钓鱼，每次钓鱼回来要给刘金分几条，刘金便把鱼送给麻花姐。麻花姐做好鱼后，也打发冬梅给刘金端过去一条。刘金虽然怕吃鱼，但麻花姐做的鱼每回都吃个精光。有一次，刘金拎着两条鱼放在麻花姐的面前，语气带着风说："你下次对顾客别笑得那么甜行不行？"麻花姐想笑，可看刘金一脸严肃认真的样子，收起笑容，眨着水灵灵的眼睛说："我是买卖人，对顾客板着脸，谁来买麻花！"

"我的意思是笑可以，别那么笑，笑里添了蜜糖似的，甜丝丝的。"刘金把头扭过去，不再看麻花姐。

麻花姐"扑哧"笑出了声，说："让我假笑，那我不会。要不，你给我示范一下。"说着麻花姐拽了刘金一把："你一个大男人，心眼跟针尖似的，你倒是给我笑一个看看。"这一拽把刘金也逗乐了。

麻花姐笑着，心里却盘算着自己的事情。刘金算不得富贵，可有房子有一份工资，模样说不上好，可人实在。这个年纪了，有个知冷知热的人就蛮好，总比自己一个人东奔西跑四处流浪要好。若是跟刘金结了婚，户口也能落上，周围的人也就接纳自己，这样一来，自己也能过几天安稳日子。

刘金自从跟老婆离婚后，得自己做饭，为了省事，每次都是蒸一大锅米饭，一吃就是好几天。冬天好说，夏天搞不好米饭就馊了，满屋子都是馊米饭的味道。馒头也是，前两天还软和着，过几天就干了。开水泡米饭就着榨菜，凉开水泡馒头就着红豆腐就是刘金的早饭。饭能将就，实在不行在外面小摊或者小馆子也能解决一下,可夜里一个人睡冷被窝让刘金受不了。受不了的时候他就把身子翻过来掉过去,可还是睡不着,索性把老婆睡过的枕头抱在怀里,抱着抱着感觉凉丝丝的两条线落在脸上。他把头埋进枕头里蹭了蹭,线不见了,可心里却生出几分悔意。都怪自己太贪酒,好好的老婆离婚了。凭良心说,老婆跟着自己没享多少福,那几年老母亲瘫痪在床,老婆喂饭擦身子不说,端屎端尿,直到送走老母亲。有了孩子又摊上个傻孩子。自己除了每月给她一点工资,也没帮她干一点家务活,里里外外都是她一个人操持。自己喝多了,老婆要多说几句,还会踹她两下,她都忍了。想想自己真不是个东西,这么想着,他狠狠地抽了自己一个嘴巴。心想自己的臭毛病得改改了,不然什么样的女人也不会跟自己过日子。

麻花姐到底是做生意的人,刘金提出跟她过时,她没马上答应。住进这个院子,她了解刘金,人老实本分,除了爱喝酒,其他没啥毛病,但她想再婚是大事,急不得。

麻花姐告诉刘金自己可比他大四岁,这得想清楚。刘金说想清楚了,女大三抱金砖,大四岁那就是和田玉,价值连城。刘金又说,进了我的屋,再大也是老婆。麻花姐不干了,噘着嘴说:"比你大就该叫姐。"刘金死活不叫,麻花姐拿着扫把举得老高,刘金拔腿就跑。麻花姐追了出来:"你不叫就别想你的好事。"刘金想,这重庆女人就是厉害,叫个姐也是我女人,要是错过这个能干贤惠的女人,怕是后悔一辈子的。想到这里,刘金停住了脚步大声喊了一声:"麻花姐,嫁给我吧!"麻花姐抿着嘴笑着说:"大声点!"刘金咧着嘴露出七拧八歪的牙齿说:"有劲没地方使的话,把我这口牙修理一下,修牙很贵,你能修好,我就不用花钱了,省下的钱给你买一身衣服。"说着,刘金就把嘴凑了过来。麻花姐手伸了出去,拇指和食指合力拧住刘金黑黝黝的脸,说:"该打的死货!"

麻花姐叫出口后,人们都跟着刘金这么叫了,也没觉得有什么不妥,不过是一个符号。熟悉她的顾客,也跟着叫起来,麻花姐的名字不胫而走。买麻花的人们必定找麻花姐,渐渐县城里的人都习惯且喜欢上这个个子矮小却灵秀的女人。

刘金觉出麻花姐的好是她对酒儿跟冬梅一样好。只要酒儿回家,就给他做热饭吃,拉着酒儿到巷子口的澡堂洗个澡。她怕水太热,让澡堂的老汉把水试好,才让酒儿进去。看澡堂的老汉说,亲娘也不过如此啊!当然酒儿最多是在水龙头下玩一会,这样也比不洗的好。她让酒儿把身上的脏衣服脱下来,给他换身干净的衣服。酒儿没说过一句谢谢麻花姐的话,她不在乎,哪能跟有智障的孩子计较这些呢!

冬梅也从没有把酒儿当傻子看,只要酒儿回家,冬梅就抽空陪他,酒儿不识字,冬梅就拿出《幽默大师》跟他一起看。有时候酒儿似乎看懂了漫画里的意思,便会"咯咯"地笑,冬梅开心,也跟着笑。麻花姐看到两个孩子笑的时候,感觉自己很幸福。这一切被刘金看在眼里,他干起活来更有劲头了。

麻花姐依然在卖麻花,生意仍旧红火。

刘金除了上班,还是好喝酒。麻花姐不是没有说过他,他说男人总得有个爱好,有人打麻将,有人下棋,有人玩空竹,当然还有人好……说到这里时,刘金有意停顿了一下,瞧了一眼麻花姐。麻花姐两眼瞪得溜圆问了一声:"好什么?"刘金摘下蓝色工作帽在大腿上面拍打了几下,说:"男人这些都不好,你说能好什么?”麻花姐搓着手上的面,往前一步,冲着刘金的屁股就是一脚,狠狠地说:“你敢沾染别的女人,我非宰了你!”刘金说:“你又不是我老婆,管得可真宽啊!”麻花姐气哼哼地说:“赶紧滚!”

什么事情促成了麻花姐与刘金结婚,是那场大雨中的一场车祸。

六月初六,麻花姐没有出摊子,这天是百泉寺的庙会。一大早麻花姐就赶着头班车去了。走的时候麻花姐给刘金说了一声,还问要不要带点东西回来。刘金说不用了。

下午六点多,麻花姐坐上了返程的车。天突然阴了起来,按说这个月份天多数是晴朗的,也有刮风下雨的时候,但很少。天要下雨,谁能管得着呢,下就下吧。可偏偏下得很大,大到什么程度? 这么给你说吧,车窗前面的玻璃挂着掀不开的雨帘,雨刮器根本不起作用。这么一来,司机的视线受到了影响,打开防雾灯,几乎没用。巧的是,麻花姐返回时坐了一辆老旧的车,走到半路就坏了。这么大的雨,人都发急,一发急,就躁起来。司机急了骂车,车上的人急了骂司机。麻花姐没有混杂在人群里跟着骂,骂有什么用,关键是要想办法回去。问了一下旁边的人,说这里距离米县不到五公里的路程。麻花姐想,与其等着,不如走路回去,不就淋点雨嘛,又不是下刀子。这么一想,麻花姐推开车门下了车。车上的人喊,再等等没准车就好了。麻花姐想,就这辆爷爷级的车,好怕是没希望了。不怕慢,就怕站,这么想着,撑开太阳伞上了路。

这么大的雨,印有黄色小花的太阳伞也不起作用了,斜泼过来的雨,一会就将麻花姐的裤腿和胳膊淋湿了。身子一湿就发冷,别看是六月的天,冷起来也是让人发抖的。

走出去不知道多远，麻花姐就倒在路上了，不是累得跌倒的，是被一辆三轮车给撞倒了。幸好三轮车司机没有跑，将麻花姐送到了医院。

麻花姐不省人事，医院的护士从麻花姐身上的包包里找到电话本，打开第一页，第一个联系人的名字是刘金，急忙拨了电话。

交押金，办住院手续，刘金楼上楼下跑了好几趟。一会护士叫过刘金说，病人需要手术，家属要签字。刘金提起笔迟疑了一下。护士催促道："时间很紧，犹豫什么？"刘金看看护士，郑重地写上了自己的名字。护士又说："赶紧找输血的人，A型血，医院存血不足。"刘金说："我就是A型。"护士看了他一眼，说："那跟我来。"

差不多一个月，麻花姐是在医院度过的，当然送饭、洗衣的事情都是刘金干的。同病房的人不知道麻花姐是刘金的房客，也不知道刘金是麻花姐的房东。

麻花姐想吃啥，刘金能做的就自己做，做不了的就去买。如此麻花姐恢复得挺快。

麻花姐躺在病床上望着医院洁白的天花板想，这些日子，自己能活着，多亏了刘金，不然早去见了阎王爷，这么一说，刘金正儿八经算是自己的救命恩人了。想想看，如果刘金不交押金，那个三轮车司机是交不起的。如果没有刘金及时输血，生命也有危险的。如果手术后照顾不好，发生感染及并发症也是要命的事情。可这几样都没有发生，不是刘金的功劳吗？

这么想着，眼前就出现了刘金的样子，刘金龇着牙朝她笑。麻花姐笑了，笑着笑着眼里的泪珠就出来了，泪珠一出来，麻花姐就抽泣起来了。暗自骂了自己两句，这么好的一个男人，再辜负了人家，那就没良心了，那样跟狗有什么区别呢？不对，狗是有良心的，对主人忠诚，那么我还不及一只狗了吗？

出院的第四天刚好是周一。麻花姐洗漱干净，走到刘金的房门前说："你今天请会假吧。"刘金正在洗脸，昨天上小夜班，刚起来。不知道麻花姐有啥事情，便说："有什么事情？"麻花姐靠在门框上低着头，嘴角泛着笑意说："咱俩去领结婚证吧！"

刘金愣住了，手里的毛巾一半在脸上，一半在手里，眼睛睁大，一动不动，似乎等待麻花姐再重复一遍。

麻花姐看着刘金的样子觉得好笑，好端端的一个人，怎么就傻了呢，瞧他那副呆呆的样子，便扭过头问了一句："咋个样子？领结婚证，你不同意？！"

"结婚证"三个字如三声礼炮，将刘金惊醒。他迅疾把毛巾扔进脸盆里，冲到麻花姐跟前拉起她的手，说："真的？"

麻花姐嘴巴凑到刘金的耳朵旁说："我说假的。"

到民政局领取结婚证很顺利。拿到那个红色的本本时，刘金幸福满满地说："得选个好日子，把自家的亲戚、单位的同事、要好的老乡都请来。人家都说，得不到祝福的婚姻是不幸的，咱得热闹地在祝福中开始我们新的生活。"

麻花姐跟刘金商量好了，结婚的日子选在九月九日，寓意长长久久，既吉利又好记。

拿了结婚证，麻花姐跟着刘金去了县城老牌的风华影楼，高高兴兴地照了一套婚纱照。虽说花费了一个月的工资，刘金说，这辈子就结这一回了，值得。

很快房子收拾一新，婚宴订在县城里老百姓最喜欢的那家常香阁。

结婚那天，麻花姐穿了一身大红色的旗袍，刘金一身西装，站在餐厅门口迎接客人。麻花姐心里高兴，整个人如一朵红牡丹花似的，富贵而喜庆。

刘金自然也很开心了，娶了这么一个既能干又漂亮的媳妇，偷着乐都来不及。刘金看看表，时间也差不多了，客人该来的都来了，只要车间主任一到就开席。

这个时候，远处走过来两个男人。麻花姐赶紧拽了一把旁边的刘金，问是不是他请的车间主任。刘金眯着眼说，看着眼熟。等到五六米远的地方，刘金说认识，是县公安局的老王，跟着的年轻人叫不上名字。刘金心里想，自己虽然认识老王，但交往不多，结婚并没有请他，他怎么来了？刚想张嘴问，旁边的年轻人从衣服口袋里拿出执法证件，在麻花姐面前亮了一下，又从随身的文件夹里拿出一张纸，在麻花姐面前展示了一下，说："请你跟我们走一趟。"

麻花姐再次见到刘金时，她已在女子监狱服刑了。跟刘金一起来的有冬梅，还有酒儿。刘金眼眶里泪花打转转，但没有流出来。临走时，刘金说了一句话："我把酒戒了，等你回来。"

房　车

天蓬沟的人，都不知道房车是啥。

房车，啥是个房车，难道在房子下面，挖上四个窟窿，再安上四个超大的轮子？这不是荒唐的事情吗？别说七八十岁的老人，就是念书的尕娃们，都不信房子会跑！

田喜说要买房车，消息一出来就在天蓬沟里爆开了锅。

那么这个田喜又是谁呢？

田喜是天蓬沟小学校长田福的独子。出了天蓬沟，没人知道他是谁。

在熙熙攘攘的县城，田喜那副户儿老大（农民）的扮相，人家一看就能猜出，他不是种地的，就是放羊的。不信你看，不管啥时候，两个裤腿都挽起半截子。一双低帮子黄球鞋上，常常都是泥巴印子漫过鞋帮子。可他偏偏不是。那他到底是干啥的呢？这话得慢慢给你说。

田喜满月时，田福乐得合不拢嘴，眼睛笑得像是睡着了。怎么能不高兴，田福四十好几才娶上媳妇，差一个月就到了知天命的岁数时，老婆才生了孩子。

喜得贵子，田福把家里唯一的一只大尾巴绵羊宰了，招待亲朋好友。他酒喝多了,身子绵软得跟面条似的。他挥舞着手说:“我这宝贝儿子,将来一定能成大器,相信不相信,一定能成大器,成大器!”

望子成龙,这个朴素美好的愿望在田喜上小学后,田福渐渐发现不是那么回事了。

照说校长的娃娃应该学习好,遗传基因不说,家庭有学习的条件和氛围,这是其他农民家庭所望尘莫及的。许多时候,想什么不一定有什么,越担心的事情说不定就一定会发生。

田喜上学不久,田福就发现这小子不是学习的料,软的硬的招数都使过了,没用。田喜勉强初中毕业。

田喜知道他爹田福心里在想啥。光宗耀祖,出人头地的路就是上学,将来有体面的工作,最好还能像乡里、县里的干部似的。可他心里不那么想,这老话说得好,人的命,天来定。自己想干啥就能干啥吗?不是那么一回事情。

爷爷是村里唯一的私塾先生,儿子是小学校长,怎么孙子就不成才。这本来就很悲哀了,没想到天有不测风云,田喜的爹和娘去吃人家喜酒时遭遇了车祸。

当校长的爹去世了,田喜娘也成了双腿截肢的残疾人。原本好好的日子,一下跌到深渊里了。

为解决田喜家的困难,上级领导让田喜到村小学当了一名校工,干些修修补补的杂事。一个月有百八十元的工资,比种地的农民强些。

田喜当了校工,家里的三亩多地就给亲戚种了,每年给田喜家两麻袋麦子,算是口粮。

王大明家人多地多,又承包了些村里的地,没两年,成了天蓬沟首个万元户。他不满足成为万元户,感到种地挣钱还是太慢,便召集了十几个村里的年轻人,到外面干起盖房修渠的活。到后来便承揽盖楼房的工程,到九十年代初,他就成了村里屈指可数的富裕户。

王大明开着自己新买的红色桑塔纳驶入天蓬沟,几乎全沟的人都来围观了。大姑娘小伙子,大叔大娘小婶子,围着轿车看了又看,摸了又摸,见了绝世美人似的,赞不绝口。这毕竟是村里的第一辆私家轿车,当时就十几万,无论对一个农民,还是对田喜这样的校工来说,这都是一个天文数字。

田喜早先坐的是进山拉煤炭的卡车,驾驶室能坐三个人,空间小,不怎么舒服。后来山里通了班车,也坐过一天只有一趟的班车。班车都已经很破旧了,车窗怎么都关不严实,夏天黄土顺着张嘴的车窗长驱直入,整个车厢跟外面没有差别,尘土飞扬。冬天没有暖气,坐着脚都能冻僵了。他讨厌坐班车,可又很无奈。

王大明的新轿车宽敞,田喜坐在车里,两腿放着很舒服,不像以前在卡车上腿屈着难受。再有就是舒适,座椅比卡车和班车的都软和,他靠着美美地伸了一个懒腰。

"田喜,感觉这车怎么样?!"王大明得意地问了一句。

田喜扭头看了一眼王大明,原本想好的溢美之词,已经到了嗓子眼,可此时,王大明的表情让田喜热乎乎的心情,一下泼了盆凉水似的。他下嘴唇碰了上嘴唇,把停留在嗓子眼的词又咽了回去,脖子向前微微一伸,眼里飘出一缕不屑一顾的眼神,斜着扫了一眼王大明放在方向盘上的手,把头往后一扬,清了清嗓子,一不留神说了句:"我也要买一辆车。"

田喜说完，推开车门下了车。顺便把脚底下的一块石头狠狠地踢了一脚，石头从他的脚尖起身，在空中划了一道美丽的弧线，落在不远处的草丛里。

想买辆车的想法像一粒种子，就这样悄悄地埋在了田喜的心里。气话也好，大话也罢，这说出去的话，就像泼出去的水，收是收不回来了。田喜一连几天都耷拉着脑袋，如霜打的茄子似的，一点精神都没有，人也没有以前那么利索了。

田喜平时白净净的汗衫子是村里的一道风景。他虽是校工，可自以为是个有文化的人。跟他年纪一般大的年轻人，除了小学校里县城分来的几个老师外，就数他是识字多了。他心里多少也有一点自豪感。可这一切不能掩盖他窘迫的生活。

一边是残疾有病的母亲，一边是想买车的欲望。可手头就那么几个死工资，让田喜很烦心。

田喜常在学校值班，渐渐有了吸烟的习惯，虽然那时他只抽一两元的香烟，可那毕竟是要花钱的。能省点就省点，他把烟戒了。刚戒烟那会，他嗓子总是痒痒，干咳。闻到烟味那个香，真比吃冰碴子羊娃子的肉还香！为了彻底戒烟，他暑假跑到山里片石厂打零工。

一个暑假，田喜人瘦了好几公斤，烟也彻底戒了。

"喜子，这菜咋一点油花子都没有了，吃不上肉，再吃不上点油，那咋行吗？"半躺在炕上的田喜娘，望着田喜端来的洋芋搅团和白菜，一点胃口都没有。

田喜耷拉着眼皮，端着饭碗，放在他娘旁边的炕桌上，没吭一声。他心里清楚，工资大部分都被他存起来了，只能从牙缝里挤出点钱了。正说着，王大明进了门："婶子吃啥饭？"

不等田喜娘开口，田喜忙站起身来说："刚做熟的洋芋搅团，炒白菜。我给你盛一碗。"王大明瞅了一眼田喜，见他一副愁眉苦脸的样子，没跟他搭腔，冲着他娘说："家里做了拉条子，等会回去吃。来跟您商量一件事情。"话音未落，王大明自己拉过凳子坐下。

"大明有啥事就说，还商量个啥？"田喜娘说了一句。

"婶子，你看喜子爹去世这都八九年了，喜子也老大不小，快三十的人了，该找个媳妇成家了。好把家收拾得折耶（整洁）些。"王大明从口袋里掏出了烟，点上，深深吸了一口说。

"这事原本早该张罗着办了，可你瞧瞧咱家这情况，哪有姑娘肯进我家的门呀！"田喜娘拧着眉头，叹了声气说。

王大明说，他陕西老家有个表妹，今年二十五岁了，刚来没多长时间，茶饭很好，人能干得很，愿意介绍给田喜。说彩礼减半，这个主，他能做，请放心。他作为表哥，也会准备一份像样的陪嫁，这也请放心。

一席话，句句让田喜娘听着动心。她嘴角挂着笑，眼角堆着笑，两只手揉搓着，高兴得不知道往哪里放才好。

田喜瞅一眼娘，没好气地扭过脸来，把手里碗筷往桌子上一撂，干咳了两下。

田喜娘看他一眼，刚才的笑意和欢喜瞬间就消失了。

田喜是见过王大明表妹的。也就在几天前，王大明就带着表妹到学校来过一次。说顺便看看，其实是带着表妹来瞧他的。姑娘有两个红脸蛋，充满青春活力，尤其身板结实。不用说，是干活的一把好手。姑娘见他时有些羞羞答答，显然之前王大明给姑娘说了田喜的事。而田喜却全然不知，他也没往多里想，压根没跟姑娘搭腔，只跟王大明礼节性地说了几句。

“说说你是啥想法?”王大明扭头瞅一眼蹲在门边的田喜说。

田喜耷拉着脑袋，既没有看他娘，也没有瞧王大明。停了一会，从牙缝里挤出一句“以后再说吧”。

其实田喜不是不想成家，年纪轻轻的小伙子，哪有不想找媳妇的。学校有个代课的女老师，就曾对他说过，上班的人，彩礼就算了，能在县城买套房子就行。按说这个要求不算过分，依当时的房价，一套两居室的楼房也就三万多元。如果按首付百分之二十计算，五六千元就能拿到房子的钥匙，简单收拾一下，有个万把块钱也就够了。这一切对田喜来说，一点也不比送彩礼轻松。况且他心里清楚，姑娘要在县城买房子，瘫痪的娘怎么办？思前想后，他没答应。没多久那代课老师转正调到其他学校去了。

如今王大明来提亲，他盘算了一下，就算彩礼减半，也得两万多，再加上修缮房子，又是一笔不小的开支。就自己攒的那点钱，哪经得起这么折腾。

说实话，田喜和他娘住的这两间土坯房，历经几十年风雨，如风烛残年的老人一般，一年不如一年了。他也想过修缮一下，可这一动弹就是钱说话。他再一想自己还要买车，将就着能住一年是一年。

王大明两次找到田喜说，他免费提供红砖和水泥，把房子推倒重新建，就让他出个石头钱、人工钱、门窗钱。要让其他人听了，这是天上掉馅饼的好事，偷着乐都来不及，田喜却婉言拒绝了。

“过了这个村，可就没有这个店，好好想想。”王大明拉平了脸，腾地从凳子上起身，甩了两下袖子，撂下这么句话，头也不回，大步流星地走了。

田喜渐渐明白，他怎么着也是买不起新车的。十几万元，那不是开玩笑，就是不吃不喝，也得存上好多年。他省吃俭用，工资是涨了些，可总赶不上物价涨的水平。他心里那个急。有一阵子，听村里人说，到医院卖一次血有个百八十元的补助，他也去了。到医院检查后，人家说他血压低，不能抽。

新车买不起，只有关注二手车了。暑假田喜到省城的二手车市场转了转，没想到遇到了王大明。王大明来卖自己的桑塔纳车，他想换一辆越野。看田喜在车市转悠，递给田喜一瓶水，说："喜子，咱俩是发小，说句心里话，你先娶个媳妇成个家，生个一男半女的，把你娘照顾好，这车以后再买不迟。"

田喜没有吱声，接过水，仰起脖子，喝了几口，说了声"谢谢"，扭头走了。王大明喊了好几声，他也没有回头。

田喜心里憋屈得很。人家的新车都开成旧车了，其实让田喜看，王大明的车品相很好。一来是细心保养，再有一直都是一个人开的，从没听说他的车出过什么事。他心里还曾想哪怕买个二手的桑塔纳也不错，可二手的桑塔纳价格也不菲。他连着几次在车市上问了价格，有些承受不起，无奈地摇摇头，回到了家。

"喜子，我想吃些锅盔了。"田喜回到家，屁股还没有挨到凳子上，他娘说了这么一句。

家里早就没有锅盔了，田喜不会做锅盔，每次娘想吃时，他就到王大明家去要一些。他家锅盔外脆里软，他娘十分爱吃。

王大明去年盖了新房，离田喜家有个五六百米，绕过前面的山弯子就是。

“娘,我这就到大明家给您要锅盔去,等着我。”田喜手扶在里屋的门框上,看了眼躺在床上的娘,说完就出了家门。

走在路上田喜还盘算着,如何才能买一辆二手桑塔纳。虽然他在去年暑假就已经顺利地拿到了驾驶证,但他却没有真正开过属于自己的车。他想好了,等把桑塔纳买回来,他要拉上他娘去一趟塔什库尔干。

他娘有个哥,也就是他的亲舅舅在那里。多少年都没有音信,他娘总是念叨着。人老了,想自己的兄弟姊妹们了,也很正常。听说他这个舅舅是小时候送给人家的。为什么这么多年不来看看这个妹妹,他们也不清楚。如果能去一趟什么问题都清楚了。

刚一过山弯子,田喜看到一辆高大的白色的车停在王大明家门口。他心里嘀咕着,这是个啥车呀?这么古怪,你说小车子吧,又大许多。你说是货车吧,也不像。到底是啥车?田喜心里有些兴奋。

走到车跟前,一个二十多岁的小伙子从车上跳下来,看了田喜一眼。田喜忙上前搭腔,问这是啥车。

“房车。”

“房车是个啥车?”

“就是跟房子一样的车。睡觉、做饭、喝茶、洗脸都在车上完成的车。”

“哦。”

“这么给你说吧,就是一座随时移动的房子,想到哪里就到哪里。”

“我能看看吗？”

“当然，你打开后门看就是了。”

田喜走到后门处，手抓住把手时，心怦怦狂跳不止，好像要从心窝子里跳出来似的。他长吸了一口气，鼓了一股子劲，猛地拉开了车门子。

“哇，这么漂亮呀！”田喜呆呆地站在车门口，被眼前的一切惊呆了。

“没事，上去感受一下。”

田喜踏着脚踏板，蹑手蹑脚地上了车。摸了摸水龙头，打开小冰箱看了看，又坐在餐桌前，小桌子上放着一对可爱的陶瓷狗。他也伸伸舌头，做了一个鬼脸。

“感觉如何？”

“攒劲得很！你从哪里来？”

“我从四川到西藏，又从阿里到叶城，再一路到这里来的。”

“这车多少钱？”

“房车有许多种，国外产的一二百万、几十万的都有。国内也有几十万、十几万的。配置不同，价格各异。我这是供两个人住的小型房车，新车不到二十万，国产的。”

“哦，太贵了。”

“二手房车比较便宜，如果遇到急需出售的，价格会更优惠。”

“你怎么到这里来了？”

“听说山里有喇嘛庙遗址，我来看看。车上没水了，补充点水。”

王大明新院子边的山腰处就有一眼泉，泉水甘甜清澈。以前山里泉眼很多，但这些年都陆续干涸了，唯独这眼泉还流淌着，很是稀罕。虽然村里已通了自来水，可仍有许多人喜欢到这里来挑水吃，说这泉里的水比自来水好。

年轻人提着一个塑料桶，去泉上接水。田喜进了王大明家。

等田喜从王大明家要了锅盔出来时，房车开走了。

回到家，田喜把锅盔切成片，给娘拿了一片。娘问他咋去了这么久。

田喜把刚才看到的房车给娘做了详细的描述。那神情好像车就在跟前，他是一个讲解员似的。

“我知道你就喜欢车，就想要辆车，早先说大明的桑塔纳好，如今看了这个什么房车，又觉得这个车好了，是不是？”

“娘，你是没有看见，要是见了，就会发现那车比桑塔纳不知好多少倍。车上啥都有，你一定会喜欢的。我现在想好了，不买桑塔纳了，攒钱买一辆房车，哪怕二手的也行，到时候我把你一拉，四处游一游。”

“咳，现实点吧，咱一个山沟里的户儿家人（农户），你就一个尕校工，不管是啥车都别想了，安心地过日子，比啥都强！”

田喜知道怎么跟娘说都是白搭，索性不说了，转身回到自己屋里，斜靠在被子上。他眼前出现了那辆漂亮的房车，它像是有种魔法似的，一会摇身一变，一座宽敞明亮的砖房矗立在眼前，红门、红窗、红瓦，那个气派，他娘坐在门口晒着太阳，原本干瘪的身子也饱满许多，人也红光满面的，满脸满眼都洋溢着幸福的神情。

田喜高兴得脸上笑成了一朵花，他一眨眼的工夫，房子不见了。眼前不远处站着一位姑娘，水灵灵的。从个头、身材看，都像是向他表达爱恋的代课女老师。可再一看，又有点像王大明的表妹，鹅蛋脸，像煤一样黑亮的头发，一笑两坨粉红的脸。

怎么两个人的模样集中在一个人身上了？田喜看得有些傻眼了，他挠挠头，又摸摸耳垂，心里慌乱得像是偷了人似的。他有些羞涩，这么大还没有体会女人是个什么滋味，说给别人，谁都不信，可他心里清楚。

因为买车的事情，学校里、村里的人都感觉田喜有些不正常了。可他有他的主意。他想到更远的地方去看看，可两条腿，啥时候能走完？

有人说，想到哪里去，跟个旅行团，经济又实惠。可那些出去旅游的人回来怎么说的，"下车就拍照，上车就睡觉""坐十个小时车，看半个小时景"。这能看个啥？等于白花钱。要是自己买了房车，想走哪里走哪里，想待多久待多久。那该有多美呀！

田喜躺在床上，回想着刚才的那一幕幕，他感到奇怪，怎么会发生那么离奇的事情。他忽然听到娘咳嗽得厉害，过一会又听不到声音了。他心想，娘的药断了好几天了，明天赶紧到县城再买些回来。他每次也想多买一些，可药实在太贵，拿上一百元钱买不上几盒药。他也有些想不明白，不是市场经济了吗，什么都可以讨价还价，为啥这药店的药就不能讨价还价，人家说多少就是多少，一点商量的余地都没有。咳，这药是越来越吃不起了。可病摊到身上，不吃又不行。他起身给娘倒了一杯热水，端着进了里屋，走到床边一看，娘两眼紧闭，双手搭在胸前。他喊了一声"娘"。娘躺着一动不动。他一手端着水杯，一手摸了一下娘的手，有些温度。再把手放在鼻子前时，一点气息都没有，他心里"咯噔"一下，手一松，水杯掉在地上，"砰"的一声，摔烂了。

望着娘安静的面容，田喜内心十分愧疚。他想带着娘到处去看看，可直到娘闭了眼，也没有实现。

人一辈子就这么几十年，不能实现自己的愿望，那不等于白活了吗？以前总听娘说，来生如何。人死了，哪有来生！那都是哄骗孩子的鬼话。不行，说啥我也得买辆房车，不然等自己走不动了，钱攒够了，也开不了了。

把娘安葬后，田喜在整理娘的遗物时，在一个旧木箱子最底下发现了一个包袱，是那种蓝色头巾包起来的，里面又用花平布包了好几层，最后打开一看是一个玉手镯。

田喜并不感到意外。娘生前说过，等他把媳妇娶进门，她就会把自己过门时婆婆给的玉手镯送给过门的新媳妇。到娘闭眼，也没见到儿媳妇。这手镯也深居箱中，从未露过面。

田喜自从娘去世后，变得更加古怪。如今，见了同事或邻居，更不怎么吭气了，总是低着头，一副心事重重的样子。

人们都不能理解，田喜现在一个人，虽说不上过得富足，但有一份稳定的工作，养活一个人是绰绰有余的。有啥事让他发愁的，不就是还没有娶媳妇嘛。那是他眼睛看得太高，如果他听了王大明的话，早几年前就结婚了，如今娃娃都能打酱油了。

也有人说，田喜是他娘去世后，受了刺激，脑子不太正常了。也是，人没有了父母就是孤儿了，不管多大岁数，没人操心没人牵挂，少了亲情的温暖，人精神上是会留下伤痛的。可怎么说，也不至于沉默寡言，性格孤僻成如此。他见人不说话，人们见了他也不怎么搭理了。

田喜娘去世一年了,他依然这副模样。东边的一间屋子在春天的一场暴雨后塌了,他不想维修,他有自己的打算。

清明前一天,王大明回来给他爷爷上坟,听村里人说,田喜把工作辞了,把房子卖给了片石厂的一个工人。不知道想干啥。

王大明一听,感觉这事有些不妙。如今找个工作多难!当初要不是学校照顾,田喜能顶替他爹吗,他哪里能有上班的差事,还不得老老实实去种地,去放羊。如今他却把工作辞了!意味着再没有收入来源了。他田喜没有啥特长,更没啥手艺,靠什么养活自己,这可不是开玩笑的事情。要命的是,这个愣头青居然把房子也卖了。虽说是两间塌塌房,但勉强还能住人。把房子卖了,住到哪里?这个浑蛋,到底想干啥?

王大明越想越不对劲,他三步并作两步急匆匆地进了田喜家院子。喊了两声,半天不见人出来。"田喜,你个勺子,你给我出来!"一副气冲冲的样子。

"啥事,进来说,别在院子里嚷嚷。"田喜把头从门里探出来说。

田喜低头收拾床上的衣服,并没有看王大明一眼。

"你这是要干啥?"

"我想干我自己想干的事情。"

"工作不要了,房子不要了,就这么走?"

"我在省城订了一辆二手房车,一共十二万。"

"十二万,这可不是个小数字,钱从哪里来?"

"我自己这些年攒了些钱,房子卖了些钱,另外我娘留了个玉手镯,卖了些钱,加起来付完车款,还剩下一些,够我一个人过一段时间了。”

“好吧，既然这样，啥都不说了。”

一个秋日的清晨，田喜坐在买来的二手房车的驾驶座位上，系好安全带，迎着初升的太阳，沿着乌黑的柏油公路向远方驶去。

希望大道

“喂，猴子，你这个龟孙子，给我的消息咋不准？我们去扑了个空。”郭亮手拿电话气呼呼地吼着，似乎眼前是那个叫猴子的人。

放下电话，郭亮胸脯还剧烈起伏着，这个样子说明他确实生气了。想想放在谁身上谁都会生气。作为市场监督管理局执法队的队长，查这起拼装倒卖汽车的案子，几次都扑了空，脸往哪里放！队里几个人看着不说，领导也三天两头问案件进展情况。搞得他很窝囊。

这些天郭亮不想进办公室，虽然大家都跟往常一样，可他感觉有许多双眼睛盯着他，让他不自在。坐在椅子上也不舒服，像坐在荆棘丛里似的。

郭亮站起来，身子移到窗户前，点着烟，有一下没一下地吸着。马路对面就是凤凰街，熙熙攘攘，热闹得很。他心里跟凤凰街的人流一样，淤塞得满满的。各种信息都交错在一起，一时半会理不出头绪，想到这里，他狠狠地吸了一口烟，把烟蒂掐灭，扔进垃圾箱，出了门。

郭亮从部队退伍后，分配到了米县市场监督管理局，从办事员到执法队队长，一路摸爬滚打，不容易的事。

郭亮近期查处这起拼装倒卖汽车案子很不顺利。虽然北上河北，南赴和田，跑了大半个中国收集证据，但没有找到窝点，让郭亮始终放不下心。就在这时，郭亮接到通知让他去浙江学习。临走前三天，郭亮的女儿妞妞不见了，被一位路人在一处废弃的窨井里发现了。好在妞妞并无大碍，只是受了点惊吓。谁这么无耻，干出这样的勾当？郭亮猛吸着烟，忽明忽暗的烟头，探照灯般，逐个扫视浮现在眼前的人。无缘无故是不会干这事情的，想干能干这种阴险事的人，除了杨万明，还能有谁？查这个案子，等于拿掉了他的蛋糕。

杨万明在县里是个非同寻常的人物。一个身份是万明废旧物资收购有限责任公司董事长，另一个身份是县工商联的理事。杨万明在这行跌绊二十多年，已是一位成功人士。杨万明刚来的时候光棍一条，如今已是一大家人了。废铁价格疯涨的那几年，杨万明没少赚钱，买下凤凰街上的一块地皮，盖起了大楼，注册了商场，吸引了几十家商户入驻。儿子在打理。

杨万明还有一个令许多人感到温暖的身份，就是爱心人士。虽然没有像香港的邵逸夫那样捐建学校、捐建医院的大手笔，可每年都给县里的敬老院、残疾人福利中心等给钱送物，逢年过节也拎着米面油到困难户家庭看望。遇到有大病大灾的人家，也会捐个三五千，甚至更多。丹凤理发店老板刘小凤的母亲患尿毒症，发动社会各界捐款，杨万明就给了一万。刘小凤嘴上一直念杨万明的好，郭亮是知道的。郭亮曾给刘小凤五百元，刘小凤不要，是他硬塞给刘小凤的。

几年下来，杨万明的名气不胫而走，电视、报纸、电台时不时就有杨万明做好事的报道。用名利双收说杨万明一点也不为过。按说杨万明不缺钱,能干这样的勾当?!郭亮跟自己说。

郭亮的老婆哭着嚷着要去派出所报案,捉拿作案人。下手下到孩子身上了,老天爷不会放过丧尽天良的东西。老婆哭骂了一阵,又转向郭亮:“原想娘俩的安全靠你,如今倒好。一个烂队长有啥好当的!工资不多拿一分,让孩子跟着受惊。傻子都能看出来,人家这是给你颜色看的。明天就把队长辞了,过几天安稳日子,要不然,说不定家里还会发生啥事情!”

老婆在气头上。郭亮不说话,牙齿咬得“咯嘣嘣”地响,喉结起伏蠕动着,一口气在嘴里打转,咽不下去。郭亮在房子里转了几圈,出去了。

郭亮在马路上走,毫无目的。耳边是妞妞的抽泣声,老婆的责备声。想想案子的事情,心里翻江倒海。正走着,一辆出租车停靠在身边,郭亮停住脚步。出租车上下来一个女人,是郭亮的老乡刘小凤。刘小凤初来县城开店时,郭亮忙前跑后,帮忙租店面、办各种手续,刘小凤一直感激郭亮。刘小凤不是普通的女人,别看是个开理发店的,县里的三教九流不但认识,还都能搭上话。刘小凤没成家,三十好几的人,活得跟二十五六的女人一样妩媚妖娆。

“郭哥,我正要去找你呢。这么巧就遇到你了。”刘小凤说。

“啥事?”郭亮问。

“你上车,去了就知道了。”刘小凤拉着郭亮的胳膊把他塞进了出租车里。

在聚友餐厅门口,车子停了下来。

“郭哥,今天得给我长个面子,撑着场子。”刘小凤说。

平时刘小凤极少让郭亮帮忙,倒是郭亮隔三岔五,让刘小凤找个人,或者到店里去按摩个头。郭亮有严重的偏头痛,疼得受不了了,就按摩一下,疼痛能减轻一点。他心里揣着她的好。如今她有事了,还一个人情,是情理之中的事。郭亮没多想,进了餐厅。

推开包厢门,郭亮的脸顿时就暗了下来,站着没动。刘小凤拉了一下他的胳膊,说:"郭哥,坐啊!"

郭亮在桌子的主宾位置上看到一个人。一张布满环形山的脸,肌肉松弛,在郭亮注视的瞬间,抽动着,那山变了形。这个人正是郭亮要找的杨万明。

"郭哥愣着干吗?快坐。今天设宴,答谢杨总。他给我母亲捐款,还帮着联系转院。你知道的,进省医学院多难。可杨总一个电话,事情就搞定了。"刘小凤说。

"举手之劳,不足挂齿。"杨万明说。

郭亮看一眼刘小凤,心想,真是冤家路窄。走,驳了刘小凤的面子。不走,气不打一处来,憋屈得很。当郭亮的目光丢向杨万明时,杨万明的眼皮却有意下垂着,似乎想用眼皮挡住郭亮硬邦邦冷冰冰带着拷问的目光。杨万明身子前倾一下,顺手掏出烟,又掏出打火机。烟被轻轻弹了一下,跳出烟盒。杨万明递给郭亮一支,郭亮并没有接。刘小凤伸手接过来,放在郭亮桌前。杨万明几次都没有打着火,手微微有点发抖,像是得了帕金森病。好不容易点着一支中华烟,烟圈从鼻孔里窜出来,在杨万明的脸前缓缓地散开,形成一道烟幕。他似乎想用烟雾把自己包裹起来,不让人发现什么。可眉宇间三道深深的"川"字纹,呈现出汹涌的样子,将杨万明内心的不安、疑虑,甚至一点敌意,如水波一样荡了出来。

郭亮深呼吸了两口，端起茶杯，浅浅地喝了两口，气息带着热气冲向对面的杨万明。妞妞，窨井，拼装车，几个词，像锤子一样飞出郭亮的脑子，在眼前挥来舞去。狗日的，我看你装到哪一天！郭亮挺挺腰板，一口气从百会穴蹿出，人顿时来了精神。别人感觉不到，可郭亮敏锐地觉察到了，杨万明被那锤子击中了。杨万明那双发窘的眼睛瞄着桌子上的菜，却一直没有看郭亮的脸。郭亮端起酒杯说："财源广进。"杨万明脸上的环形山成了不规则的形状，嘴里蹦出四个字："步步高升。"饭桌上还有几个人。郭亮想早点离开，刚好来了电话。郭亮说："有事要提前走。"杨万明主动端起酒杯说："来日方长。""后会有期。"郭亮说。

出了餐厅，郭亮去了办公室。小王见郭亮脸上像刮过旋风似的，问郭亮怎么了。郭亮一屁股窝进椅子里说："娘的，我就不信这个邪！"

小王知道郭亮心烦，说："邪乎的事情多着呢。你感觉是个大事，在有的人眼里，屁事都不算。你我都在圈里混，你还想不通？"

郭亮想想通，可又没想通。想通的是自己无非就是一个小干部，许多事情自己无法掌控。想不通的是，证据确凿，这人还能逍遥法外！郭亮反复问自己，始终没问出个答案来。

想来想去，没个头绪。是累了，还是酒精的力量，总之郭亮在椅子上睡着了，鼾声填满了整个房子。

郭亮醒来后，出了办公室，走在路上，太阳老大，感觉擦肩而过的行人也老大，自己变成了一个小矮人。睡一觉并没有感觉清晰，反而有些混沌。是老大的太阳让一切混沌了，还是视力模糊，看世界混沌了，说不清楚。郭亮边走边用力把头抬得老高，瞧什么东西似的。

瞧什么？每个人瞧见的都不一样。刘小凤瞧见的是县城发展了，店门口的凤凰路拓宽了，飘白絮的杨树，换成了开花的丁香和刺梅。杨万明瞧见的是新的商机，收购废旧物资，瞧准了拆卸汽车配件，拼装车辆进行销售。你可别以为人家是个拉板车走街串户吆喝着收废品的。人家可是挂着黄铜牌子正儿八经的收购集团企业，挂靠其企业的经营者就二三十人。在希望大道以东，划出一片区域，杨万明带头入驻了新场地。不到几年时间，这里成了具有相当规模的废旧物资集散地。杨万明成了行业中的龙头老大。郭亮也瞧见了，而且得知，这些挂靠杨万明的人，不是他亲戚，就是他老乡。

杨万明深知背靠大树好乘凉的理，不仅牢牢靠着县委副书记这棵树，还利用同乡会，把相关部门的头儿们都打点得很到位。杨万明跟一只勤劳的蜘蛛一样，快速编织了一张网。

接到杨万明出售拼装汽车的消息后，郭亮不放心，又让猴子打听了一番。郭亮带着小王等人迅速赶到了杨万明的收购站，见院子西北角一个大篷布覆盖着什么东西，郭亮走过去，刚揭开篷布，只觉得身后一股子凉风，没等郭亮反应过来，就觉得左小腿被什么东西咬住了。郭亮扭头一看，是只竖着耳朵的黑色狼狗。郭亮用力想从狗嘴里抽出腿，狼狗偏不撒嘴，纠缠不休。小王眼疾手快，拿起夹包就抡到狗头上。狼狗看一眼小王，小王正慌张地抽腰间的皮带，狼狗见势不妙，掉头就跑。郭亮腿上两个深深的牙印里血汩汩地往外涌。

此时，杨万明挺着啤酒肚，从一间办公室出来，拉着脸，冲摇着尾巴跑到身边的狼狗，大声呵斥道：“你这个不长眼睛的东西，敢咬郭队长，你不想活了！”可眼里却溢出一丝笑意。心想，我杨万明不是好惹的，看门狗都知道给你一个下马威。见郭亮小腿流血，杨万明招了一下手，说：“司机快送医院。”

郭亮在医院注射完狂犬疫苗后，躺在床上休息，那只黑色狼狗的眼睛一直在眼前晃来晃去，与之交替出现的是杨万明那双狡黠的眼睛。郭亮想飞奔去追讨那双憎恶的眼睛，人却被置于黑色空间里，悬空着，除了大口喘息外，郭亮能感受到的就是整个屋子里都充满着愤怒的气息。

杨万明对我查案子是怀恨在心的，那为什么还表现出一副热心肠送我到医院？郭亮左思右想。一觉醒来，脑子清醒了许多。郭亮猛然觉得自己可能被耍了，看表已经快下班了。郭亮忍着痛，喊来小王返回杨万明的公司，发现上午查的那篷布下的东西不见了。问杨万明，说是客户的东西，拉走了。

一个星期过去，又一个星期过去了。证据越来越多，都指向了杨万明。郭亮心里高兴。就在此时，郭亮接到了领导的电话，说这个案子暂缓。

郭亮挂了电话，直奔领导办公室。郭亮瞪着一双铃铛眼，目光“丁零零”地甩向领导。领导起身给郭亮倒了杯水，面色有点为难地说：“郭队长，这些天，我知道你们很辛苦。既然你来了，我也不瞒你。咱们单位盖家属楼的事情，遇到了麻烦。这关系到包括你在内的干部个人利益。年初我在大会上承诺解决干部住房问题，如今卡壳了。怎么办？那得解决，可解决问题总是有条件和代价的。这你懂的。”

“你说过让我放心办案子的。”郭亮嘴里冒出一句比铃铛还响亮的话。

“我是说过这话，但事物总是在不断发展变化的嘛。你上过大学，学过哲学，这个比我清楚。”领导说。

郭亮耷拉着脑袋出了领导办公室。胳膊再粗，拧不过大腿。我郭亮一个没级别的小干部，拧不过领导。想到这里，郭亮就来了气，将口袋里的烟盒揉成团，狠狠捏在手里。好像这不是纸团，是那个看不见却真实存在的黑球。这球会跑会飞，长着眼睛，见缝就钻。

回家躺在床上，郭亮心里不踏实。快十一点了，郭亮穿好衣服，要出门，妻子问他干啥去，他说一会就回来。

郭亮迅疾开着桑塔纳轿车驶出了家属院。他没有去单位，也没有去找同学，直奔希望大道的废品收购区。郭亮想，狐狸总有露出尾巴的时候，我就蹲守着，抓你一个现行，看你还张狂！

郭亮把车停在杨万明家斜对面的一处杂物堆旁，点着烟，就这么坐着。烟蒂的红光，一跳一跳，像个调皮的孩子。如此一夜，东方泛白了，杨万明家院外院里没有一点动静。郭亮强睁着眼，回了家。

郭亮简单吃了两口饭，匆匆去了单位。

刚进办公室，郭亮接到领导的电话，领导交代，他今天要去省城开会，县里有个会，让郭亮替他开一下，会议精神回来告诉他。

郭亮松了一口气，看了看表，离开会不到二十分钟了。

到了会场，郭亮才知道是县里召开的促进经济发展的座谈会。参会的有三十几号人，桌子上摆放了桌签。郭亮先给会务组的人说了一下情况，便坐在了领导的位子上。对面的桌签写着杨万明，郭亮愣了一下。座位是空的。郭亮瞧了一眼门口，没有杨万明。郭亮心想，这不奇怪，经济的会，怎么能少了杨万明呢？此刻郭亮脑子里又迅速闪现昨天晚上在杨万明家附近蹲守的情景，自己笑了笑。不知道旁边的人看到没有，他感觉自己笑得蛮可爱，甚至可以用好看来形容。

一个人急匆匆地走了过来，走得急就带着风，风过来了，就有凉意。郭亮脸上的笑容是被这凉意冲淡的。郭亮抬头时，杨万明脸上的表情有点怪异，先是一惊，马上转为笑，这笑容跟郭亮刚才的笑不同。郭亮的笑是红色的，就好比太阳刚出地平线，是软的、暖的。杨万明的笑好像是从月亮里来的，是白的、冷的。从杨万明的笑中，郭亮感到，自己的出现让杨万明有点意外。意外也是情理之中的事情，之前郭亮很少替领导开会，自然也遇不到杨万明。俩人认识不是一天两天了，可正式的场合，这是头一次碰面。

郭亮伸出手，杨万明也伸出了手。杨万明的手伸得不利索，不利索的意思就是有点犹豫，郭亮感觉到了。两个男人握手，是礼节性的。杨万明的手握在郭亮的手里有点冰。男人是阳性的，按说会热，怎么是冰的？冰的东西，让人感觉到硬，硬的东西，人摸着是不舒服的。郭亮的手跟热水袋似的，碰到杨万明的手时，杨万明往后缩了一下，不仅是手缩了一下，身子也缩了一下，看郭亮的眼神也瞬间缩了回去。有意躲闪着什么？到底是什么，郭亮一时半会还说不清楚。

杨万明客气地问领导怎么没有来，郭亮说省城有会，临时代领导参加一下。杨万明点点头。

“好久不见你了，又忙着发什么财？”郭亮说。泛着蓝光的眼睛一直没有离开杨万明的脸。

“我能忙啥，整天跟破烂在一起。除了这个，其他也干不了。”杨万明说这话时，脸上的肌肉一跳一跳的，像是谁刚抽了他一个耳光似的。

会议很热闹，参会的企业家们发言，希望政府给企业发展创造更宽松的环境，让企业不断做大做强。杨万明发言说，作为废品收购企业，这些年来集团公司解决剩余劳动力近百人，向地方财政纳税逐年增长，企业积极参与地方公益事业，但企业却没有享受政府的优惠政策。尤其是今年以来，行业不景气，企业陷入困境。希望政府及相关部门，给予积极支持，帮助企业走出困境。

随后，几个企业主随声附和。

话音刚落，主管经济的副书记清清嗓子说：“听了杨万明等同志的发言，我也深感企业经营的艰难。企业是地方经济发展的支柱，没有企业就没有税收，没有税收就没法干事。企业遇到困难，在座的部门负责人要积极主动想办法，给企业松绑，为企业发展创造良好环境，深入企业，开展保姆式服务，帮助解决困难。”

郭亮微闭着眼睛听着发言，感觉自己被放在了炉子上，里外都被炙烤。那些话分明是说给自己听的。

当话筒挪到郭亮面前时，郭亮说：“作为行政执法机关，我们坚定不移地履行好职责，严格执法，依法维护企业的合法权益，严厉打击各类破坏扰乱市场秩序的行为，为县经济发展保驾护航。”

郭亮发言时，杨万明没在椅子上安稳过，向左挪动一下身子，又向右挪动一下身子。左腿跷到右腿上，右腿又搭在左腿上。靠在椅子上时，右手不停地在轻轻敲击椅子的扶手。郭亮不动，稳稳坐着，可室内人的一举一动，都被郭亮收入眼中。

散会时，郭亮在过道遇到了副书记，副书记面带笑容地说了些关心的话。

回来的路上，郭亮思前想后，感觉这会不是一个经济座谈会，好像就是给他开的会。

领导是什么意思？案子不查了？那我如何给帽子上的国徽交代，如何给同事交代，如何给家里人交代?！不行，只要有一线希望，我就要查个水落石出，不能让杨万明逍遥法外。

郭亮出了单位，去了丹凤理发店，他感觉头昏脑涨。刘小凤理发手艺好，头部按摩的技术也好。依郭亮的感受，比推拿按摩店的盲人师傅手艺更好。到了店里，刘小凤说："说曹操，曹操就到了。这里有些东西，有人托我给你的。"说着刘小凤从柜子里拿出了一个袋子递给郭亮。

郭亮打开一看，是两条中华烟。

"你给谁当托呢?!"郭亮脸沉下来说。

"大名鼎鼎的杨万明啊！不就是两条烟吗？人情往来。"刘小凤说。

郭亮看了一眼烟，心想，早不送，晚不送，偏偏在案子查得要紧的时候送。

"这烟不能拿。"郭亮说。

"郭哥，这么多年了，我把你当亲哥，你待我也不薄。不是我说你，你人好，就是有点死脑筋。杨万明可是跟县里领导关系很好，咱们都生活在屁股大的县城，低头不见抬头见。许多事情能过去就可以了,别较真。”刘小凤说。

“小凤,你不知道,那可是关乎老百姓生命财产安全的大事。你真是不懂这里面的危害。”郭亮说。

“我是不懂什么大道理,但我懂保护自己。”刘小凤说。

郭亮转身离开理发店。刘小凤追了出来,把装烟的袋子从车窗塞了进去,撂下一句话:“就当帮我一回,不行吗?”

刘小凤进店时,郭亮看到她抹了一把脸。

发烧的事情,郭亮从来没有在意,几天来找拼装的窝点一直没有结果,心里发急,怕夜长梦多。

郭亮被小王送进医院。猴子听说后,拎着一篮子水果来看他。郭亮再次问猴子。猴子一本正经地说:“向你保证,消息可靠!”

“医院人多眼杂,你走吧。”郭亮说。

猴子点点头,走了。

开始输液了。郭亮瞅着输液管想,难道身体真的不行了,受点凉就发烧,发烧就扛不过去。长这么大,这是郭亮第二次进医院,上次是急性阑尾炎,那时还在部队上。回忆很容易让人入睡。郭亮醒来时,已是晚上八点多了。小王在病房里。

雨,在郭亮入睡后开始下了。

“郭队长,这么大的雨,况且你也病了。”小王说。言外之意蹲守的事暂缓一下。

郭亮闭着眼睛,心想真是难为同志们了,一连几天都休息不好。至于能不能在蹲守中抓住证据,心里真没底。到这一步,不能退了。过了几秒钟,郭亮说:“你先回去休息,有事我喊你。”

小王走后，郭亮把身子放平，想让自己静静躺一会。窗外的雨比之前大了点，敲击在玻璃上的声音也大了，似乎是战鼓声，密集的战鼓声。郭亮身子动了一下，他想把这种声音甩开，至少甩到自己听不见的地方，把头埋在被子里。过一会，把身子向左侧，再过一会，把身子往右侧。怎么都不舒服。把头露出来，身子再放平。弹开眼皮时，窗户玻璃上播放着画面，一个杂乱的场面。忽然一扇门从中打开，郭亮从门里进去，眼前的景象让他愣住了，许多人忙碌着。

郭亮腾地从病床上坐起来，妻子问他怎么了。他不吭气，抓起手机下了床。

“喂，小王吗？马上开车到医院接我。”

“你疯了吗？高烧还没有退，命要紧，还是工作要紧？！”妻子绷着脸说。

“你忘了我属龙，命大，死不了，一会就回来了。”郭亮说。

“去哪里？”小王问。

“去杨万明废弃的那个收购站。”

那个收购站在东山梁，靠着山坡，里面还有许多废旧物资。周围的树木十分茂盛，几乎要遮蔽了这个废弃的地方。

“郭队长，这地方废弃好几年了。我之前来检查过。”小王说。

“声东击西。越是容易忽视的地方，越不能放过。别急，蹲守着看看。”郭亮说。

等到凌晨两点了，郭亮感觉有点迷离，眼皮上像压了千斤重的石头，薄薄的眼皮已无力支撑。身子也无力支撑。要垮掉的，要坍塌的，往下滑落，一点点将跌入黑黝黝的深潭时，郭亮猛地直起身子。

他的头碰到了一块铁皮上，发出一声闷响，这闷响把郭亮从迷离中拽醒。头探出去，这一探，真探出了名堂。

杨万明家那扇大门缓缓推开了。从郭亮的位置看去，像张开的老虎的嘴。

这张嘴朝东，顺着这个方向往前，隐约看见靠着山梁的一面，废旧物品被移开，同时一扇门打开了。一团黑乎乎的东西渐渐涌动而来。雨让画面朦胧而灰暗，渐渐有了一种阴森恐怖，继而有一种紧张的气息随着湿气弥漫在空气中。

“郭队长，车。”小王悄悄喊了一声。

“别慌，再等等。”郭亮抬了下手，顺势拉住了要往外冲的小王。其他人都停住了脚步。“你们从正门进，我翻墙在里面接应你们。”

郭亮从西边翻墙进入院中。小王等几个人，敲击大门。院子里的人慌张了，这时从里面走出来一个人。郭亮上前两步，铁塔似的立在那里。来人不是别人，正是杨万明，他一脸惊恐，身子、目光硬邦邦的，如冬日湖边的死鱼一般。

小王等人当场提取证据，逐一做了笔录。车及那个深入山梁中的拼装点被查封。

雨停了。

郭亮把车停到单位院子，看看表，已是凌晨五点多了。

秋风的步子，比夏风的步子要急。急着把树上的叶子赶黄了，把郭亮也赶晕了。走到离家属院门口不远的人行道时，郭亮感觉胸闷气短，停了一会，喘了一口气，坚持走了几步，发现双腿发软,眼前的物体漂移着。郭亮索性蹲下身子,想,休息几分钟就好了。

郭亮蹲下去就再也没有起来,躺在人行道上。路上一位穿着橘色马甲的环卫工人看见了,跑过来喊了半天,见没有反应,急忙拨了120急救电话。